새를 따라서

새를 따라서

박철 시집

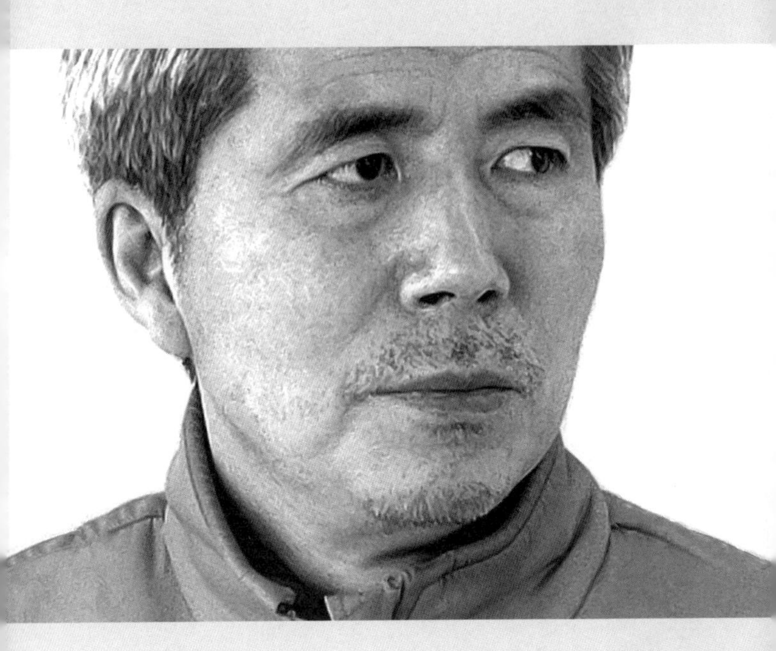

아시아

차례

새를 따라서

바람을 따라서

송어 양식장 오긴 처음이다
주인이 먹이를 뿌리니
아귀다툼으로
입들이 모여들었다

송어를 건져다
점심을 먹는다

어느 땐가 절터라는데
바람도 공양을 보태어

멀리 뵈는 작은 산들도
살결처럼 힘이 붉구나

혹스베리강
—인생

가끔 나는 이제 갈 수 없는 강기슭에 앉아
낚시를 드리우고 있다
내 정처 없는 생각처럼
딱히 이유 없이 가다 멈춰 선 긴 강의 한 기슭
그곳에 혼자 앉아 나는 뱀장어 낚시를 한다
두리번거리며 늦게 다다른 탓으로
어둠이 강 건너에서 다가오고

그래도 아주 깜깜한 것은 아니어서
앞이 보이지 않을 때까지
나는 낚시 끝을 바라보고 앉아 있다
모든 적막과 고립을 전하듯
이따금 굵은 뱀장어가 뛰어올라 석양에 몸을 비튼다
누구도 다가오지 않고 이름조차 멀어져 가는
물이 솟구치는 외딴 시드니 근교

다시는 내가 갈 수 없는 그 강에

나는 나도 모르게 가 앉아 있곤 한다

모든 이가 알면서도 우정 가지 않는

그 흔한 이름의 강에서

무엇을 기다리는지 다가올 것인지

내가 거기까지 알고 떠날 수는 없을 것이다

흐르는 무엇을 바라보든

저마다 기쁨과 슬픔의 인식이 다르듯

강에 이르러 앉아 있는 마음도 빈 마음이 있을 뿐

내가 이제야 내게 전하고 싶은

어떠한 이유도 없다

김포 도립도서관에서

주세페 키아라는 누구인가
소설 『침묵』의 사제 세바스티앙 로드리고의 모델이 된
시칠리아 출신 예수회 신부
그는 일본서 선교활동을 하다 고문을 견디지 못해
배교 후 유배지에서 40년을 더 살고
84세에 생을 마감했다

견디지 못했다고 해서
견디지 않은 것은 아니다

거기까지 읽다가 기침약을 먹기 위해 고개를 젖히는데
책장에서 '밥이 예수다'라는 제목이 눈에 들어왔다
나는 물 한 모금 마시는 행위를 끝내고 생각한다
기침이 멈추었다고 흔들림이 없는 것은 아니다
꺾이기 전까지 숨을 참으리라
그럼 내가 증거하는 신은 누구인가
나의 왕은 아직 너뿐인가

늦은 점심을 찾아 나서기 전이었다

새를 따라서

그 모임의 까닭은 이렇다
시베리아를 떠나 멀리 날아온
가창오리 군무를 보겠다는 것

우리는 서산 천수만서 금강하구로
고창 동림지에서 해남 고천암으로
새를 따라 남하했다
거대한 발자국이 물 위에 남았고
어디든 도착하면 어둠이었다
어둠과 추위에 밀려
줄포서 하루를 묵는 밤
아침엔 베란다 밖으로
반전이 있을 것이라 했다
새들처럼, 새를 따라서
먼 길 가는 것이 예삿일은 아니지만
한번 따라나서면 이 길은
가고 싶지 않아도 가게 되어 있다

원래 어느 한 점이

쓸쓸히 타며 살아내는 것을

월동이라 하듯

잠시 한곳에 나앉았을 뿐

눈물도 결국 마르게 되는 것처럼

아무튼 새를 따라서

우리가 가고 싶은 곳이

짝짓는 곳이라던가

빼도 박도 못 할 운명이라던가

떼는 하나라던가 하나가 무한대를 그리는

우주의 면모나 전하려고 그 많은 새가

어둠 속에 진동하진 않았을 것이다

남모르게 사랑해야 하는 이유를 알듯

반전을 외면한 채

나는 미명에 그대로 숙소를 나섰다

등을 대고 자던 이들처럼

밤새 앓는 소리로 봐서 호수에

물닭 가족이 사는 것 같았다

그게 반전일까

그들의 단출한 살림을 뒤로하고

지난밤 남몰래

새들이 그리는 침향무沈香舞를 보았을 때

그 겨울 촛불처럼

천지간

가장 큰 생명체를 보았을 때

나의 생은 끝난 거나 마찬가지였다

나는 의문 없이 문을 나섰다

생의 길이를 잴 수 있던 만큼

그 모임이 나에게 전하려는 말

지상에 없는 계절을 날아라

지상에 없는 노을을 저어라

제 몸을 빠져나오듯

그게 뭔지 굳이 묻지 않아도 발갛게

하늘이 다시 그려지고

돌아오니, 오늘 아침이었다

인절미
—진실에 대하여

꿈이 꼬리가 되고 꼬리가 뒷다리가 되고 뒷다리가 마침내 개구리가 된다. 거꾸로 진실이 신념이 되고 신념이 믿음이 되고 믿음이 착각이 되는 경우도 있다. 그러나 나무가 종이가 되고 종이가 책이 되고 책이 시가 되고 시가 생명이라는 걸 모른다고 해서 꽃 주고 달아날 나무는 없으려니.

서북 처자가 연백서 피난살이 나온 건 52년 4월이었다. 뱃전으로 까나리가 몰리던 날이었다. 조실부모한 어린 이가 엄마 삼아, 동무 삼아 살붙이던 작은 올케를 찾아 세 번 만에 어렵사리 산에, 들에, 물을 건너 조막만 한 낯선 섬에 다다르니 이른바 강화 교동. 올케는 간 곳 없고 바닷바람만 측은히 서해낙조를 바라볼 뿐이었다. 추레한 행색 여린 얼굴에 놀란 주인집은 말이 없었다. 나는 이때 포화 속에 처음 집을 떠난 어린 처자의 모습을 세밀화로 그릴 수 있다. 겁 지린 그 눈동자를.

주인은 애린 처자를 어둔 방으로 비끌고 등불을 켜선 꺼질듯 입을 열었다. 만삭의 올케가 고향 연백으로 쌀 가지러 간다고 나간 길에 뱃전서 미군 기총소사를 맞았구료. 어깨를 다쳐 업혀온 지 사흘 만에 결국 목숨을 놓았다오. 뱃속의 아이도 엄마를 따라갔지 뭐요. 대룡시장 뒷산에 가묘를 쌓았으니 그게 보름 전 일이라고 주인이 먼저 울었다.

어린 처자는 눈물은 보이지 않았다. 다만 자리에서 게눈 뜨듯 발딱 일어섰다. 내처 뒷산으로 나서자며 보따리를 안아들었다. 내외는 처자의 허리춤을 잡았고 인천으로 일 떠난 오빠나 찾아보자며 우물물을 떠왔다. 처자는 앉지 않았다. 고개를 세우고 몸을 가로 저었다. 그리 서서 밤을 지샐 기세였다. 마침내 중늙은 양주가 앞서고 물길 건너듯 용동리 오리나무 숲길 지나 작은 언덕을 넘어서니 손등 같은 묘가 하나 나섰다. 저기라고 안주인이 말을 맺지 못하자, 처자가 숨 고르며 엄마 같고 언니 같던 어설픈

흙무덤 앞으로 성큼 다가섰다. 딸 같고 동생 같은 다 큰 시누이가 다가가자 젊은 올케는 참지 못했다. 하늘과 땅이 어디 있고 이승과 저승이 따로 있겠는가. 어찌나 반갑고 애가 타겠는가. 얼마나 분하고 억울하겠는가. 폭포라도 자르고 바위라도 헤치고 나서지 않을 수 없었을 것이다. 갑자기 부실한 가묘가 위아래로 흔들리기 시작했다. 굴절과 적멸의 바다. 아득한 눈빛 속에 흙가루를 흘리면서 산소가 몸을 떨었다. 부르르 요동을 쳤다.

흔들리더라. 산소가 흔들리더라. 이 진실을 어머니는 내내 문풍지 바람 새듯 틈만 나면 가족 앞에 풀어놓았으니 누구도 믿음이나 신념으로 들었지 진실로 여기지는 않았다. 애통하도다. 고개 숙여 두루 혀만 찰 뿐이었다. 그러나 나는 그 일이 진실이었음을 예나 지금이나 진실로 안다. 내가 그 속에서 나왔으니까.

내가 쉰이 넘어 눈이 깊던 어느 설날. 진실의 세계가 왔다. 일가 앞에서 어머니 얘기는 사실이라고 세상엔 가끔 진실이, 그대로 진실이 되는 경우도 있다고 나는 종지부를 찍었다. 가족 모두가 고개를 끄덕였고 그때서야 어머니는 평생 어두웠던 얼굴에 화기가 조금 돌았다. 어머니는 돌아서 눈물을 흘렸다. 소녀처럼 몸을 돌렸다. 그리고 깨문 입술에 선혈이 흐르듯 선 채로 한 마디를 더하니 이러하였다.

보따리에 인절미를 해왔는데 이 미련한 것이 그걸 안고가 왜 산소 앞에서 풀어놓을 생각을 못했는지 모르겠네. 내가 그렇게 미련해, 미련해. 그렇게 미련하게 살아왔다며 늙은 처자는 끝내 보는 이 처음으로 큰 울음을 터트렸다.

4월에 눈이라니 라니

4월에 눈이라니
흩날리는 사진 한 장을 그렇게 보내놓고
물가를 떠나지 못하고 있다

4월에 눈이라니, 라니
4월에 눈이 내리면 안 되나
4월에 흩날리면 안 되나

그렇게 한 마디를 거두지 않고
녹아내리지 못하고 있다
너무 많은 생각을 하지 말자
생각만큼 바라보지 말자
눈썹 끝에 써넣던 게 불과 반나절 전인데
마치 막차를 놓친 귀성객처럼
예기치 않게 내리는 흰 눈 앞에서 아연실색
팔을 늘이고 있다

그러나 그 많은 눈들이 나를 바라보기까지 세상에
예기치 않은 일이 있었겠는가
무언가 더 이상 참지 못하고 저렇게라도 마지막
어떤 정점으로 오지 않겠는가
타스매니아 사는 그이의 4월은 가을
여기 4월의 눈발은 어슷하게 지는 봄
그러나 둘은 이미 지난겨울을 보고 있는지도 모른다
긴 세월이 지나 불과 몇 시간 전 내가 찾은 사랑을
이미 지우며 내리고 있을지 모른다

4월에 눈이라니
흰 눈이 봄빛을 가랑가랑 알리며
마른 입가를 노랗게 물들이는데
손가락 끝을 떠난 글자를 다시 더듬으며
4월에 눈이라니
4월에 눈이라니, 라니

이기이원론理氣二元論

멀리 인경人定이 울렸다

바람의 옷깃도 떠나고 당신이 잠든 사이
그래도 당신의 심장이 뛸 때
당신은 무엇을 하나요
발톱이 자랄 때 당신은 무엇을 하나요
피의 강물이 흐를 때 당신은 무엇을 하나요
별들도 잠든 밤 당신의
머리카락이 바위를 뚫고 나올 때
굳은 표정 위로 잔주름이 하나둘 늘어가고
발바닥 가득하던 대지의 투쟁이 전장을 빠져나갈 때
눈꺼풀 안에서 눈물이 잠시 잠을 청할 때
간은 시끄러운 오물을 분류하고
굳은살은 굳은살대로 뼈는 뼈대로 반듯해질 때
어둠은 어둠대로 길을 나서고
당신의 가여운 폐맥이 세차게 풀무질을 해댈 때
당신은 무엇을 하나요

문밖에선 전혀 무관한 세상이 거칠게 도는 동안
당신만이 당신 곁에 고요히 지키고 앉았을 때
당신만이 당신 곁에 울며 마주 섰을 때
당신조차 당신을 사랑할 때
당신은 무엇을 하나요
그냥 그대로 두나요 무심한가요

은하수 기울며 우주의 물레방아가 은연히 돌아가는 밤
어둠도 빛을 읽고 시간도 당신을 위해 기다리고 있을 때
당신은 대체 어디서 무엇을 할 것이며
당신이 당신을 무지로 포장하여 우체통에 넣을 때
당신은 무엇을 하나요

멀리 호각이 울릴 때
멀리 싸이렌이 밀려올 때

송이눈

현 선생을 만나러 가는 길이었다

약속 같은 눈이 내린다 쇠눈 같은 눈이 내린다
모두의 일부이기도 하고 일부의 전부이기도 한

모진 일생을 채찍으로 보낸 후 이제 그만 조용히
도살을 기다리는 목화 같은 눈망울

점오점수에서 일하며 돈오돈수로 일당을 받는
위대한 혁명 뒤의 달아나버린 애인처럼

눈은 내리는데 을지로 입구를 지나며
옛 미문화원 건물의 총탄자국을 한동안 바라보았다

흰 눈만이 약속을 지키려는 듯 서둘러 내리고
사과상자를 쓴 노숙자는 깊이 자는 모양이었다

비행장 마을서 자란 탓일까
나도 늘 지상에 내리는 중이다

만남이란 터지는 목화송이와 같고
이별이란 총탄 자국과 다른 것

원문 없는 번역시에 연애의 유치찬란사
하늘이 혀를 차는 늦은 안부를 전하러 간다

나 오늘도 두려움에 지상으로 떠나왔으나
여태 굵은 눈처럼 내려앉지는 못하였다

사랑하면서도

5월 18일, 봄이 가는 걸 보았다
잡지는 못하였, 아니하였다
가랑비를 집고서 걷다 걸으며 언제인지 모를
갠 훗날을 생각했다

어이없게도
나는, 비 갠 세상에 축복을 노래하며 떠나겠지
만났던 모든 이들의 안녕을 전하며 떠나겠지
그런 불길한 생각이 든다
사랑하면서도 입 한번 떼지 못하고 입이 뭔가
눈길 한번 주지 못하고 누명을 쓰듯 억울하게 살아가다가
나는 또 다음 생도 들뜨겠지

사랑 이전의 사랑을 생각한다
그러나 사람 이전의 사람을 호명하듯
김포 하늘을 바라보며 당신을 생각하면 화가 난다
하늘 너머 어떤 하늘,

단 한 번도 건너 길의 끝에 다다르지 않았으니
사실 한생 시를 쓰는 이유가 당신을 위한,
당신에게 보내는 모르스부호였다는 것
이 사연을 당신만 모르고 모두가 안다
그러나 당신은 누군지 어디서 내리는지 이제 누가
5월 너머 5월에서 핏빛 답신이라도 보내주면 좋겠다
5월이 사랑이고 사랑이 5월일진대
궂은비는 내리고 소쩍새는 계속 울어야 하는지
그것만이라도 알았다면

하늘을 이끌고 가는 뱃고물에 서서 이리
바다거품을 길게 바라보진 않겠으니
각다귀의 여름도 가고 곧 동침의 시절이 오리니

길 잃은 혁명동지여 만세

눈

조드(dzud)*에 시달려 흙을 먹다가
흙으로 돌아가는 몽고말의 눈을 보았다

유네스코에서 보여주는 아프리카 기아의
슬픈 눈과는 또 다른 눈동자였다
눈은 수없이 많은 것을 밖으로 볼 수 있지만
우주보다 큰 것을 안으로 새기고 있다
변하지 않아도 자라나고
보이지 않아도 살 수 있는 이유

눈에서는 눈물도 나온다 총량이 무의미한
눈물은 사실 소나 말의 것만은 아니다
눈물 흘리는 모든 이의 눈을
가만히 들여다보면
눈물이 그 이만의 눈물이 아님을 알 수 있다
강의 뿌리가 멀리 있음을 내 눈에 새기며
마음을 따라 흐르는 그 에린 강을 거슬러 오르다 보면

그 순간에

굶주린 신의 입가가 보이고

신이 되어

신의 목소리를 듣는다

신이여 당신과 나

너무 멀리 헤어져 순간의 집은 다르나

뚜렷하게 바라볼 수 있구료

때론 크고 때론 말라붙고

때론 턱없이 긴 강

맑고 아프고 오래도록

누구의 것도 아닌 내게 주어진 늙은 풍화와

어쩔 수 없음의 간절한 평화

먼지뿐인 대지를 덮으며

무심한 바닥을 온몸으로 적시며

조드에 시달려 흙을 먹던

몽고말은 진실로 조용히 말하고 있었다

말 없는 대지를 육신으로 채우며

몽고말은 눈물로 조용히 씻어내고 있었다

나는 스스로 아픈 자를 돕는다

* 몽골의 대 재해현상으로 겨울에는 영하 40도가 넘는 혹한이 몇 해 동안 계속된다. 이 기간 풀이 자라나지 못해 가축 및 야생동식물이 집단 아사한다.

중늙은이의 비

난간 위에 떨어지는 빗방울 보며

저 탄력,

최후의 미소, 최선의 힘, 그가 떠나온 곳

먼 헤링 코브*나 파라마타 앞강물이라 믿으니

쉽게 눈이 떼지지 않는다

이 우주의 다락같은 아지 못하는 곳에서

시인은 엎드려 길게 잠을 청하고

농부는 반겨 황무지에 씨를 뿌렸을 것이며

어부는 태양 아래 힘차게 그물을 당겼으리라

거기에 슬며시 길 떠나는 한 방울

오늘 발끝까지 이르는 저 소요음은

어느 항심을 깨우러 이리들 몰려 오는가

내 게으른 탓을 모르는 바 아닐 텐데 땀 흘리며

비는 기어이 무엇을 전하고자

한 여름 우둔한 택배꾼처럼 뛰어 오느냐

* Mary Oliver

우름

옛적엔

우름이 많았지

눈물이 헤펐지

마암이 흔했지

우름이 구름 같았지

비가 내리면

따라 울었지

그랬지

기사 아닌 기사식당

밥을 먹는데 왠 우름소리 들린다 구릉소리 들린다 우름이 귀한 때

낯선 연속극에서 낯선 우름소리 기사 아닌 기사식당 멀리서 짠다

우산을 접듯 누가 채널을 돌리니 날아오는 우숨소리 옷 입는 소리

눈물이여 그립다 가숨이여 아쉽다 옛적엔 서름이 흔했지

많이 울었지

　정말 울었지 진짜로 울었지 꾹꾹 울었지

　이젠 ᄉᆞ랑이 돌아서도 가속이 떠나가도 우지 않는다 원조

울보도

　눈물없이 산다 우름은 개밥그릇에도 없다 우산 같은 우름

　상갓집 마루 끝에도 없다 이젠 여분 눈물도 잃어버렸다

　이젠 울어버릴 마암이 귀해 우지 않는다 배가 불러서 누구

를 위하여

　우지 않으니 누구도 나를 위해 우지 않는다

　누구를 그려 우지 않으니 누구도 나를 그려 우지 않는다

　어디선들 아 아아 아아아

　그리운 실개천

개화검문소*

김동인의 「광염 소나타」를 읽기 몇 해 전
마을 끝 외딴 집이 불타는 것을 보았다
마을 사람들이 줄지어 우물물을 퍼올렸으나
결국 집은 재가 되어 가라앉았다
상근네 뒷산에 올라 다시 광염소나타를 떠올린 건
그 터에 검문소가 들어설 때였다
아버지 친구인 집주인은 일찍이 어렵게
볼리비아로 이민을 가고 가끔 지나다 보면
폭염과 폭설만 잔뜩 고여 있었다

엉뚱하게 지금 생각하니 그 집이
마을 끝집이었다는 게 못내 가슴 저리다
대개는 알겠지만 김동인의 소설은
원념의 나이에 몰아치는 불꽃을 보며
비상한 흥분에 휩싸이는 얘기다
가끔 내 삶이 애문 듯 어느 검문소에 걸려
이유 없이 아직 빠져나오지 못하고

사랑하는 이가 곁에서 바라보는데
귀퉁이에서 매를 맞는 환영에 잡힐 때마다
차라리 세상이 활활 타버렸으면 하고
잰걸음에 동산으로 내닫는 때가 있다
농촌서 농업이민을 가야하듯
멀리 멀리 가 흔적 없이 반딧불 같은
가랑진 소나타나 들으며 살았으면 할 때가 있다
손창섭**처럼 말이다

* 서울과 경기도 접경지인 집 앞에는 개화검문소가 있다. 1979년 12.12 쿠데타 당시 수경사에서 저 검문소만 지켰으면, 아니면 수경사 관할 한강 다리가 모두 봉쇄된 상태에서 마을 옆 행주대교마저 바리케이트가 설치됐다면 1공수 부대의 서울 진입은 불가능했다. 수경사가 신설된 행주대교를 생각 못한 탓에 자정 넘어 1공수는 서울로 진입 국방부와 육본을 점령하고 이듬해 광주 참극을 벌이고 5공이 이어지고 역사의 강줄기는 완전히 틀어지고 말았다.
** 손창섭. 「잉여인간」 등의 작품을 남긴 50년대 대표적 작가. 70년대 초반 사라진 후 2010년 작고 직전 일본에서 말년이 알려짐.

황새걸음

우연찮게도 내가 좋아하는 시인들은
대개 불행하게 살다 갔다
그들은 죽어서 말한다
자네는 그렇게 살지 말게 –

호주 워이워이 지나 파통가에서 숨어 살던
소설가 Don'O Kim*도 지독한 문학주의자였다
본인은 은둔과 절제로 일생을 살았으나
그가 진정으로 내게 해 준 말은
"그러니 돈 많이 버시오"가 대부분이었다

내 아버지도 마찬가지였으나
당신들은 하나같이 자신을 버리지 못했다
편하게 살라 허나마나한 말뿐이었다
나는 그들에게서 황새걸음만 배웠다

유카리나무 등짝처럼 뱀의 허물처럼

물보다 진하게 흐르는 곱디고운 허세가
오늘도 노을 끝으로 펼쳐진다

자네는 그렇게 살지 말게 그러나
자네는 그러지 말라지만,
어쩌란 말인가

* Don' O Kim(한국명 김동호. 1936~2013). 평양 출신. 호주 소설가. 대표작으로『The Chinaman』『My name is Tian』『The Grand Circle』등이 있다.

다른 빛에 대하여

예기치 않게 강화 석모도에 왔습니다
낙가산 중턱이 나에겐 콧등 같습니다
숨이 차 정작 목적지인 해수관음상에 올라선
불상을 등에 지고 주저앉았습니다
서해 바람이 애잔했고 숨을 헐떡이며
쪼그려 바라본 석조 난간 사이 줠 듯 하얀 갯벌이 보이고
썰물에 드러난 갯벌 위로
길이 나고
골이 생기고
맑은 개울이 흘렀습니다
사는 건 진흙 밭이라는데 멀리까지
갯벌은 세상사와 달리 곱고 빛나는군요

이름을 알 수 없는 작은 섬으로
송전탑들이 건너가고 있었습니다
넓게넓게 걸어가고 있었습니다
성큼성큼 다가서고 있었습니다

일없이 눈앞이 가물거립니다
어제도 오늘도 내가 떠난 뒤에도
철물은 저렇게 너울너울 건너가고 있을 텐데
진정한 탑입니다

어렵게 올라간 기도처에서 불상은
제대로 마주하지도 못하고
숨만 오그리다 썰물 따라 돌아갑니다
가히 손 모은 탑이 섬 주위를 돌고 있었습니다

클라리넷과 실버들
—2014. 여름

둘째는 웃음이 헤퍼지면서

바짝 더 용돈 타령을 했다 아직 그럴만한 나이였다

매주 얼마를 주기로 했는데

돈 가지고 부딪히기도 그렇고

서로 끼니도 맞지 않아 집안 구석구석

용돈을 숨겨두고 날이 되면 넌지시 일러주었다

훗날 아이에게 이런 추억이라도 남기고 싶은 요량이었는데

돈이 궁해서 그렇지 서로 편하고 뭣보다

아이가 즐거우니 즐거웠다

기실 아이에게 보물찾기처럼 전하는 용돈은

내 가용의 전부였다

남들에게 박하다는 소리를 들으면서도

아이 앞에 내비치고 싶은 알량한 권위였고

풍난화 같은 사랑이었다

사고 싶은 책 먹고 싶은 것의

삼분지 이는 아이에게 돌아가는 궁색이
동짓달 서해낙조로 몸을 숨겨도
마땅하다 여겼지 아쉬운 적은 없었다

애당초 내 가용은 어머니의 쌈짓돈이었다
장이라도 봐 들고 가거나 무심히 들어서면
팔순의 노인은 전화기를 빼어선 그 사이에
오만 원짜리를 하나 곱게 접어 끼워 넣었다
아무리 손사래를 해대도 막무가내에
어찌 어느 날 그 돈이 그대로 남아 있으면
어쩜 얘 봐라 얘 좀 봐
얘는 이렇게 알뜰하다며 또 한 장을 고이 끼워 넣었다
그래 어느 때는 서너 장이 쌓인 적도 있으니
어머니는 그게 그리도 즐거운지 절로 나도 헤헤거렸다

알고 보면 어머니의 쌈짓돈은
마당가 세 사는 이의 사글세였다

구청서 매달 챙겨주는
기초생활비에서 떼 낸 이십만 원이었다
진천 어디 사람이라는데 밀리고 밀려 들어와
혼자 사는 사내의 꼬박꼬박 밀리지 않는 한 달 치였다
뇌출혈로 한쪽을 절며 가는 새벽 운동이나
살림살이처럼 깔끔하고 절박한 약속이었다

생각하면 사내가 귀하게 받는 생활비는
국민의 세금이었다 단돈이었다
빙하처럼 단단하고 거대한 덩어리가 물밑으로 쌓여가는
그러나 어디로 녹아내리는지
흘러가는지
또랑물이 눈물처럼 아스라이 모여
격주로 오는 생활보호사에게도 유쾌한 눈덩이였다

눈송이는 실개천으로 모인다
신흥치킨 포호아 새손문구 청량세탁 서서갈비

만년 무직자가 퍼 올리는 샘물이었다
제각각 모인 한 줌이 금싸라기로 빛날 때마다
누군 때로 즐겁고 누군 절로 억울해 눈물 흘리는
풀숲 노둣돌을 지그시 밟으며 나는
정든 개천가에서 실버들처럼 떠나지 못한다

나는 가끔 낡은 연미복을 입고 객원 지휘자가 되어
뒤를 힐끔힐끔 쳐다보며 정상을 향해 즐거이
지휘봉을 휘두르는 상상에 빠진다
그러면 문제의 둘째는 클라리넷을 불겠지
아니야 아니야 이건 오보에야 우기며
옆자리를 따라가느라 진땀을 빼겠지
또 그러면 나는 아이에게 큰 복수라도 하듯
크크 웃음을 참으며 더욱 힘차게 팔을 저을 테다
흰명아주 버들강아지 며느리배꼽에 쑥부쟁이 부들 억
새까지
끊어질듯 이어지며 반짝이는 출렁임에

아이는 기가 질리겠지 아빠가 이렇게 큰 인물일 줄이야

내가 속한 오케스트라의 화음에 빠져들겠지

서툰 음을 하나하나 개울물에 씻어 올리고

더 이상 아이와 나의 보물찾기도 흥이 다할 시절이 오면

사실 그때가 한참 전 당도했으나,

실개천은 하염없이 돌고 있으렴

아이야 결국은 아빠를 찾아내렴

먼 훗날 아득한 곳에서도 실버들이 흔들리며

그게 변치 않는 내 인생의 내력이려니

* 모든 인물과 상황이 흐른 뒤 다시 챙긴 시

나와 詩

평생 벗어나지 못한 지옥 중의 하나는

저체중이었다

먹어도 먹어도 살이 되지 않았다

주렴 없이 곁을 떠난 이들의 몇은

나와 함께 하다가는 끝내 견디지 못할

비만 때문이었다

솜씨

1

강에서 좀 먼 곳

낚싯바늘 만드는 솜씨를 보았다

깊게 골이 패이고

송이처럼 뭉툭한 손이었다

강철선을 구부려 그라인더에 갈고

끝이 보이지 않게

미늘도 곧추세웠다

거기 내가 걸려도 아프지 않을 것 같았다

어느 한 곳 여린 뼈 같은

촉수를 바라보다가

당신의 손끝을 생각했다

2

지워지지 않는 날카로움 두려워하지 않는 이 없으나

오랜 세월 내 곁에서 멀리 떨어진

당신의 솜씨는 또 어느 굵은 손이 빚었을까

그 손이 남긴 무늬, 빚어낸 충격

당신의 눈빛과도 같은

거기 내가 걸려도 죽지 않을 것 같았다

3

들길 한가운데

낚싯바늘 건네는 솜씨를 보았다

하늘 아래 높은 곳

바람을 움켜쥔 손이었다

무엇이든 낚을 수 있어요

우리는 모두 여기에 걸린답니다

쇄빙선처럼

누군가를 위해 쓰러진 것 같지만

결국 나를 위해 목숨 바친 세월

사는 동안 내가 나와 헤어질 수 없었으니

나는 나의 솜씨에 걸리는구나

그걸 깨우치기까지

몇 해 몇 리를 보냈는지 모른다

4

그리하여 이즈음 마땅히 나를 걷어 올리자

망막을 가르는 섬광 하나가 허공을 휘휘 돌고

당신과 나 그리고 그분은 아직 떠난 것이 아니었다

당신은 여직 당신의 당신 안에 있었다

모든 당신은 신神이다

어제도 광야에서 잊지 않고 손끝에 올린 말

우리는 달아날 수 없다네!

여기서 나는 한 토막의 얘기를 전하려 한다

5

누구나

낮과 밤이 되어

어김없이 돌아서듯

모두

집으로 간다

흙으로 간다

돌아가기 전

누군 주연이고 누군 조연이고

누군 물고기이거나 강가에 앉았어도

무대일 뿐이다

절 마당 서너 바퀴 돌아도 한세상 다 산 듯 쓰리고

탄현 검단사에 가면 임진강과 한강이 만나는 강변 따라
아직 덩치가 웬만한 노구의 한 처사가 살고 있으니
가면 자고 가면 자고 늘 자는데

반가이 다가서 몇 번은 불러야
왼눈 먼저 떠 바라보다 긴 목줄을 끌고
일어나 어슬렁어슬렁 마중 아닌 마중을 나온다
손이요! 하고 몇 번 더 외치면 손까지는 내주나
나는 또 평생 내게 한이 된 속마음에
다음 생은 건강한 인간으로 태어나시오
오늘도 부질없이 지난번 했던 말을 또 하면
영감은 다 듣기도 전에 부적부적 돌아가
왼눈부터 다시 감으며 돌담 밑에 가 눕는다
절 마당에서 기중 햇살 고운 채송화 자리
약수 말고 바람이나 한 술 마시고 것도 싫으면
이 물 저 물 메붙이는 교하 둑이나 걷다
한 수 배우고 가시게 느슨해도 목줄은 목줄이니라

그런 심사가 있는 듯도 한데
노구의 마음을 영 내놓지는 않는다

이러구러 절 마당 서너 바퀴 돌아도 한세상 다 산 듯 쓰리고
늙은 개에게 거푸 손잡아 보세 내미는 꼴과
왠지 봐도 봐도 다시 보러 오고 싶은 생각에
때죽나무 잎사귀나 몇 몇 지근대다가
맑은 공기라도 가슴 가득 채우고 내려걷는 날은
등이 자꾸 가려워도 손이 닿지 않는다

그리하여 여기 시 한 편을 남긴다, 제題하여
검단사 노구老狗

참회

—박철 시인이 새벽 3시에 집에 왔다. 술에 취해 있었다. 울면서 갔다. 그 눈물을 내 손으로 닦으면서.

그도 한때 죽음의 고비를 넘나드는 경우가 있었으니 동병상련인가? 사람은 같은 처지를 당해봐야 상대를 가장 잘 이해한다.

〈1993. 12. 4. 새벽 4시 30분〉 김남주 시인의 마지막 일기 중에서

참 뭐처럼

으재이처럼

뜨재이처럼

살아남았다

몸이 뭐라고

참 몸이 뭐라고

족보를 팔아서라도

우리 살자고

살아보자고

죽음이 뭐라고

참 죽음이 뭐라고

개처럼

개처럼

말하였다

성聖 김남주 앞에서

혁신의 어느 날

장갑 한 쪽을 잃어버렸다
광화문 5호선 교보문고 지하통로부터
진실은 침몰하지 않는다
우리는 하나다
진실은 침묵하지 않는다
하나는 우리다
싸리울처럼 몰려가는 사이
라텍스 장갑 한 쪽이 사라져버렸다
주머니를 빠져나갔다

촛불멀미가 나던 그해 겨울
성냥개비처럼 총총한 불꽃들 어딘가
내 잃어버린 장갑 한 쪽은
불씨처럼 기다리고 있으리라 믿었다

그러나 집회가 끝나고
오던 길을 서둘러 되돌아가니

길은 깨끗이 청소되어 있었다

거리는 삽시간에 진공되어 있었다

아 빌어먹을 이 날렵하고

세계를 앞서가는 선진 질서라니!

빛을 따라서

과자 몇 개를 훔치고
나 좀 잡아가세요 하는 노인의
외로움은 감자빛일 것이다
붙들려 온 노인에게
이렇게는 감옥에 못 보냅니다
고개 숙여 연고자를 찾는
젊은 경찰의 제복은 쪽빛일 것이다
시작과 끝이 없는 역사의 겉장은
황토빛일 것이고
등을 맞대고 팔을 가로지른 채
강가에서 맴도는 나룻배의 한숨은
창호빛일 것이다

그러나 그 누구도 부러 하는 일이나
부러 생기는 빛은 없다
꽃으로 마음을 전할 수 있는 것도
빛이 함께 뛰어가기 때문

더듬이처럼 부드러운 말들 속에는
도저히 물리칠 수 없는 빛깔과
감당키 어려운 폭풍이 일고
어제 한 가족의 실종을 지켜보던
그 가슴은 물끄러미빛이었다
나에게 지친 봄
아주 멀리 떠난 아들 내외라든가
내일은 쉬는 날 쉬는 달 쉬는 해라 해도
개미들이 줄지어 장미 줄기를 오르듯
뒷산 모퉁이 돌면 바라뵈는
아직 반듯한 채석장 울타리는 쇳물빛일 것이다

그러나 내가 떠나왔다는 어느 먼 곳으로
시간은 되돌아가지 않고
등불을 켜라 문을 열어라 살아내야 하니까
나는 오늘 하나의 빛을 잃은 채
너무 환한 세상 앞에

눈이 부시다

눈이 잠긴다

그렇다 해도 이 밤

칠흑빛 속도로 감옥으로 가는 나를

잡는 이 하나 없단 말이냐

호시절

대단히 죄송한 말씀이지만 내 인생에

두 번 호시절이 있었으니 다 영어로 일컬어진다

IMF와 COVID-19 라는 것으로 깊이 말씀은 못 드리겠다

두 번으로 족하다

주어를 찾아서

금방 전화 할게요

시간도 사실은 빛과 같이 토막 난 것이다
가난한 시간이 파초가 자라듯 여축餘蓄의 길을 걷는다
오늘도 가슴 깊이 누군가 채워지고 꽃이 지고
잊힌다와 잊는다의 차이는 저녁 지평선 같다
오래전 호주에서 영주권 신청이 실패한 후
난민 신청을 권유받았지 그러나 사유事由가 부족했다
나라가 나보다 불행하길 바라던 시절
어제 예멘 난민보호소에서 경비 일을 하는 친구의 얘길 들으며
오래간만에 나도 거기 있고 싶었다 그러나 친구는 잊으라 했다

롯데백화점 과월 상품들이 거울을 바라본다
창밖 봄빛을 바라보던 옷 가게 주인이 라벨을 가리킨다
결국 모두 나를 바라본다 나만 부재하다

시간이 흐른다고 믿는 것은 누구의 율법인가
본능에 충실하다 보면 시간이 강가에 사는 것도 잊는다
한번 기슭을 스쳐간 강물이 다시 돌아온 일 없듯이
묽은 것들이 몸통이 되어 흘러간다

주어는 어디 있는가, 생각하라지만
거울을 보지 말고 길 건너 저쪽
나란히 걷는 자신을 바라보는 게 혁신이라지만
그 사유와 이 사유는 다른 것이다

마침내 대사관에서 전화는 오지 않았다

10분

시간만큼 추상적인 맹탕도 없다

모두가 떠나거나 멸종해도

빛을 끌고 가는 이처럼

시간처럼 요지부동인 마소牛馬도 없다

그 해 전염병이 광활하던 겨울, 2019

열두 시가 조금 넘어

나는 그이를 보내주느라 택시를 잡았다

마포대교를 건너 노량진 언덕에 다다르도록

우리는 말을 잃은 채 차창 밖만 응시 했다

어둠을 끌고 가는 말馬처럼

시간을 몰고 가는 말言 없음만큼 번쩍이는 것도 없다

목적지에 올라서자 반달처럼 차가 멈추고

10분 드릴게요, 하며 갑자기 기사가 차에서 내렸다

말 없음을 깨는 날선 호각에 뭐라 응대할 수 없었고

그렇게 우리는 10분 동안 더 파편을 쥐고 붙들려 있었다

진흙 같은 시간이 흐른 뒤

하나는 밖으로 하나는 다시 안으로 하나는 그대로 앉아

시간처럼 자빠진 올림픽도로를 달렸다

여생을 알리는 듯, 생이 다 그렇다는 듯

길을 따라 다시 긴 침묵이 이어졌다

살아오며 익숙했던 많은 생각과

많은 말과 요란과 말 없음의 무습관성

검은 불빛들

꽉 찬 시간의 비포장도로가 밀려나갔다

역부로 마을 입구에서 내려선

나는 다시 말 없음 속에 잠시 걸었고

택시는 말 없음 속에 돌아갔으며

그이는 말 없음 속에 잠이 들었을 것이다

그런 벅찬 시간에 대해

누구도 입을 열지 못한 채 쓸데없이 생은

시간만 세는 격이었다 그 사이에서

짧은 빅뱅이 아주 기다란 침묵이란 것만

외며 걸었다

태양의 설화

입맞춤 하나,

산수에 약하다 할까 셈에 너그럽다 할까 하나는 짚는데 둘을 모르는 부족이 있었습니다 그들은 해와 달이 같은 거로 알았고 너와 나의 소유도 희미했으며 계절도 구분짓지 않았고 국경은 아예 없었습니다 출산이나 가족도 러시아 마트료시카 인형처럼 하나 속에 하나가 있고 하나가 다시 하나로 흩어지는 것쯤으로 알았지요 그러나 수리에 약하고 계산에 너그러운 이들이었지만 그래도 하나만은 꼭 세며 하루를 건넜습니다 잠자리에 들기 전 꿈으로 가는 인사를 하는데 그걸 금세 잊어먹고 바로 잊어먹고 또 하나를 세며 다시 입을 맞추고 사랑이 깊은 이들은 아예 입을 대고 잠이 들었습니다

숨 하나,

사랑을 하나 보았습니다 허름한 여관서 섹스를 하다 어린 아들의 전화를 받는 엄마,

자취방에서 뒹굴다 아빠의 전화를 받는 여린 딸, 자연사

박물관에 놓여도 좋을 법한 포르노그라피에 담긴 저 애닯은 자유와 속박을, 벗은 사연을 달리 부를 수는 없는 걸까요

코카인 하나,

호주 에버리진 중에는 칭찬하는 말로 싸우는 부족이 있답니다

서로 높여주는 일로 다툰답니다 우리는 다 아니까 옳다 하지 않고 서로 상대방을 자랑삼는 일로 앞서 나간답니다 서로 채워주는 얼굴로 아침을 맞이하고 서로 기쁘게 하는 일로 전쟁터를 만들기도 한답니다 어느 인류학자가 말하기를 그들이 오팔을 돌로 알고 대지를 공기의 그릇으로 여기는 것도 무지해서 그런 거라 말했을 때 한 노인은 그려 그려 하며 호박 같은 수염을 쓰다듬을 뿐, 자신의 조상이 죄수란 걸 감추기 위해 하는 말이라고 꾸짖지 않았다 합니다

우리 서로 사랑하는 일로 미워하듯이 알아서 모르고 몰라서 앎 없이 오랜 세월 양귀비에 취한 듯 웃는 일로 하루를 보내다 밤을 맞았다 합니다 반듯하게 가슴을 펴고 떠오

르는 태양을 가슴에 품고 손 흔드는 석양으로 이불을 삼았다 합니다

백인들이 정작 코카인을 치약이라 팔아먹기 전까지는 말입니다

가을 몰락 하나,

페루 마치겐가 부족 마테오 투나리씨는 삼나무 잎에서 애벌레를 잡았습니다 늪으로 가 애벌레로 피라냐를 잡았습니다 강으로 가 피라냐로 철갑메기를 잡았습니다 바다로 가 메기로 메갈라냐를 잡았습니다 그날 저녁 마을 사람들과 메갈라냐를 나누어 먹으며 마치겐가 부족 마테오 투나리씨는 고개를 숙였습니다 이제 우리는 어쩌지 우리는 어쩌지 어쩌지

새우

퉈김집 그 아이, 네 몸에선 언제나 기름 냄새가 나서 좋아

양남동 뒤채에 곁들어 살던 나는 낡은 문턱에 손을 얹고 바라보았지

미닫이문이 햇살을 베어준 만큼 환한 세상에 서 있던 멜빵바지

투닥이며 끓던 기름방울보다 더 자주 나를 돌아보던 아이

나는 오늘도 네 등에서 새우들을 건지네 목이 휘네

너한테는 아직 기름 냄새가 나서 고마워 어디선들 살아만 있어다오

내가 한낮을 보내던 태양의 이불 안처럼 갈 수 없는 바다는 몇 평인가

그때는 참 많이 아팠지만 이제는 우리의 굽은 등만으로도 코가 행복하네

자꾸 걸어가면 다시 만나는 지구 위 길을 잃는 아득한 우주 밖까지

네 기억에선 언제나 돌아오는 기름 향내가 나 좋다

해변의 묘지

바닷가 사구에서 길을 잃은 적이 있다

시드니에서 세 시간 거리

두 후배가 스노클과 산소통을 지고 땡볕에 헤매고

사십 도가 넘는 모래톱과 맹그로브 숲을 따라 걸었다

무슨 생각으로 지나왔기에 어이없게도

오던 길보다 돌아가는 길이 까맣게 멀었다

떠나온 곳에 다가옴직한 파도소리

모래 속에 발을 빼며 휘청거리자

후배들은 나를 돌 위에 앉히고 차를 찾아 흩어졌다

영화에서만 보던 해변의 묘역이었다

갑작스런 탈진과 공포

처음 와 본 낯선 죽음의 침상들 앞에서

조여 오는 고립을 지우려 천천히

죽은 이들의 비문을 읽었다

나도 곧 이승을 떠날지 모른다 생각할 땐

거칠고 푸른 미련이 모래 언덕 너머 와글거렸다

푸른 바다 들끓는 유영과 묘지 사이에 버려진 내가

삶과 죽음의 수평선을 걷고 있을 때
해송 아래 오랜 가족묘가 적잖은데 묘하게도

출생은 제각각이나
몰일沒日이 어슷비슷 한두 해 차이가 많았다
어린아이 곁에 한 해 건너 젊은 엄마
남편 곁에 반 년 남짓 아내의 이름이 더해지고
두 해를 넘기지 않은 지긋한 자매도 있었다

배고픔보다 무서운 게 그리움이라 배웠지만
그들은 끝내 사랑을 버리지 못했구나
다급하게 이어진 죽음을 온몸으로 담으면서
머잖아 내 곁을 따라올 이 누군가 그게 더 아쉬워
끝내 정신이 혼미해질 때
아직은 볕이 뜨겁다고 멀리서 까마아득히
클랙슨이 울렸다

패리스

"나는 불면증이 심해요
항상 밤에 자러 가는 게 두렵죠
지금도 세 시간 자고 행사준비를 해야 돼요
어제도 악몽을 꿨어요
나는 진심 어린 사람을 많이 아는 거 같지 않아요"

새벽 화장을 걱정하며 이런 독백을 하는 그녀가
힐튼 호텔 침대 모서리에 걸터앉아 불빛 흔들리는
서울 야경을 혼자 바라보고 있었다
하얀 목을 붙들고 저 홀로 내려다보고 있었다
패리스 저 아래 흐릿한 불빛 속에도
잠 못 이루는 이들이 별처럼 많다오
날이 흐릴 뿐이지 강 건너 조금 더 먼 곳에서
나도 그날 당신과 같은 아픔에 뒤척였을 거요
가여운 패리스
그런데 더 슬픈 건 정말 누군가 구세군처럼 온다 해도
이젠 가슴이 바짝 말라버렸다는 겁니다 눈물도 개울 같

지요

어찌 몸으로 하는 사랑조차 고갈되는지 모르겠어요

아직 숨이 있는데 배는 또 고프고요

허물을 벗고 이제라도

손등 같은 사랑을 한번 하고 싶어요

슬픈 일이죠

이 나이에 소년처럼 사랑을 하고 싶다면 미친 거죠

모든 왕좌는 엉덩이가 딱딱하다지만

패리스 당신과 우리는, 우리와 나는 몹시도 다를 것이오

그러나 패리스

우리가 서로 모르듯 우리는 한 배를 타고 있다오

우리는 같은 어둠에 눈가가 젖는다오

우리는 알지 못하여 잊을 수 없다오

언제쯤 악몽이 나아지겠냐는 물음에

"잠 못 드는 이들이 나아지면 나도 나아지겠지요"

당신의 그 말이 오늘은

나를 정말 아프게 하는구료 패리스 힐튼

흰눈을 애정함

버스가 오는 동안
은행나무 밑둥에 기대 봄을 기다리는
순백의 눈두덩 위에
은근살짝 발자국 하나를 남긴다
어성긴 내가 당신을 생각하는 방법

대한 지난 지가 달포고
큰 눈 내린 날이 나흘에 푹한데
아직도 희고 탐스럽기가 어쩌면 저럴 수 있나
수줍게 하늘문이 열리고
죄 없는 이들이 던지는 돌처럼
당신에게 보낸 쪽지가 하염없이 되돌아오듯
지상으로 가자 지상으로 가자
멈추지 않는 손길에 씩씩거리며
그날 밤 내게도 안기었을 텐데
차마 돌아서지 못하고 있었구나

갑자기 두 눈이 퉁퉁해진다

하물며 두 귀가 까맣게 데워진다

버스가 오고 발자국이 지워지고

봄꽃이 피고 은행잎 노랗게 울어도

잊지 말아다오 너를 잊지 않으마

오늘을 맞이하는 동안

살아갈 도리없이 떠도는 동안

아 얼마나 많은 칼바람과 폭염이 지나갔던가

발등을 찍었던가

메아리

사립은 늘 열려 있고
그믐엔 들어설 것만 같으오
툇마루에 앉아 오늘도
인사말을 외오다

「모든 실체는 관계일 뿐이죠
존재라 해도 괜찮아요
사랑도 죽음도 관계일 뿐
정형화냐 유연화냐
그것을 벗어나는 에포케
그게 전부죠
배고픔과 배부름 특히 배고픔
모든 안녕과 배고픔도 관계죠
그림자만 남기고
그 어떤 주인도 없어요
괜찮아요
서산 밑의 메아리

메아리의 주인도 없죠」

다시금 초하루가 오고
사립은 종일 열려 있고 어인 일고
사모는 나갈 줄 모르와
사모는 야윌 줄 모르와
길을 잃으다

사실은

은사시나무를 찾아서

가다가 멈춘 수림

이 맑은 세상 너만 아프기 위하여

이 슬픈 세상 너만 즐겁기 위하여

이 어둔 세상 너만 꽃 피기 위하여

이 밝은 세상 너만 시들기 위해서

이 좋은 세상 모두가 울기 위해

이 나쁜 세상 모두가 웃기 위해

은사시나무도 가던 길 멈춘 것이 아니라

이 아름다운 세상 모두가 아름답기 위하여

우리 울창하게 물들기 위하여

더듬거리며 우리는 아주 낯선 별에서

땀 흘리며 우리는 정말 낯선 별에

너와 내가 만나기 위해 왔다는 것을

그것이 아무리 희박한 우연이었다 해도

그것이 아무리 까마득한 일이었다 해도

나는 아직 하얗게 믿는다

사랑의 가시 움켜쥘 수는 없어도

사랑의 세례 끝내 피해 갈 수도 없는 것

그러나 아무리 피해 갈 수 없는 땡볕 같은 당연도

달빛 같은 우연을 지배하진 못한다

그런 당연조차 절박한 우연의 번짐이란

애초에 황무지는 황무지로 남아야 할 곳도

사랑이 깃들어야 나무가 자라고

사랑이 번지면서 비로소 숲을 이루듯

저 곳에 어찌 순백의 나무가 있을까 싶었으나

어느 인연이든

시간이 흐르기 전 꿈결 같은 지상의 아름다움

더할 수 없는 꽉 참

가다 보면 하얗게 웃고 섰는 네가 꼭 있다

문턱에서

젖은 발이 미끄러져

책상 모서리에 갈비뼈를 부딪히며 쓰러지고 말았다

우선 놀람과 통증 그리고 숨막힘이 들이닥쳤다

곧이어 거꾸로 호흡곤란과 통증과 놀라움이 되돌아왔다

죽을 듯이 고통스러웠으나

그렇다고 꼭 죽을 것 같지는 않았다

아득한 곳의 문턱이 보이긴 했다

어딘가 못다한 곳에 다다르고 있었다

이게 다 사라진 세월의 잔망殘亡이겠으니

혼자 사는 건 이런 거구나

그것은 완벽한 고립이었다

소리 지를 겨를도 구원을 청할 수도 없으며

무엇보다 누구도 봐주지 않는 외딴 섬의 상전벽해

혼자라는 건 이런 거구나

얼마 후 겨우 숨이 트이고

몰아쉬며 비명이 터져 나왔고

누군가의 손을 찾듯 허공을 휘저었다

그리고 살아, 살아보겠다고

발로 세차게 벽을 밀치며 죽음에서 멀어져갔다

언뜻 까맣게 한 사람을 보았는데

시간이라는 문턱 너머의 수인은 나인 듯했다

나인 듯했지 그 시간 속엔 아무도 없어 보였다

그것만은 분명하다

어둠이 곧 빛이 되는 혼백처럼

자명하고 이럴 때 쓰는 말이 있다

옆구리는 맞아 본 사람만이 안다

그러나 그건 정말 불필요한 일이다

정말 불필요한 일인데

누구나 한 번쯤은

불가피하다

때로는

때로는

긴 혀를 잘라내야 하는데

그어진 입을 닫는다

칠갑의 궁형을 피해

두꺼운 속옷을 입는다

자줏빛 기억을 지우려

벽돌 같은 시를 쓴다

그리고 나비처럼

아니라고 말한다

때로는

심장을 도려내야 하는데

서둘러 마음을 닫는다

또

눈 감는 일은

얼마나 쉬운가

목련은 가고

오랜 동무가 나무 한 그루 산다 하여
못 이기는 척 따라나섰다
비탈을 부추기듯 어딘지 지쳐 보이는 수목원
주인은 자리를 비우고
왠 잡종 개 한 마리가 목청껏 짖어댔다
제 맘엔 밥값을 하는 모양이었는데
목줄에 묶인 것이 끝도 없이 소리를 질렀다
좌우로 버둥대는 몸부림이
곁에 선 오가피 가시도 귀 막을 지경이었다
왜 저래
동무가 돌멩이를 줍는 척 나무들 새로 사라져가고
나는 산채 비빔에 막걸리 얻어먹은 생각이 나
슬그머니 돌아서 짖는 개에게 발을 붙였다

들은 바가 있었다 눈싸움을 했다
그게 근거 있는 소리였는지
순간 개의 노여움이 꺼져버렸다

갑작스런 정적에 내가 뻥 뚫린 하늘로 마음을 돌리자
이때다 싶은 듯 개소리는 다시 더 거칠어졌다
목줄에 걸린 주제에
너를 잡아먹을 수도 있어
그렇게 되내며 나도 목을 빼 그 앞에 마주하자
개는 꼬리를 내렸지만 입을 닫지 않았다
개는 똥을 지렸다 귀를 접었다
거기까지가 어릴 때 들은 바인데
개는 똥을 싸면서도 계속 짖었다

왜 저리 화가 나는가
행색은 소졸이나 범상찮은 축생이었다
나도 한발 다가서 언 듯 굳은 듯
산 같은 외침 앞에 부득불 노려보았다
왜 이리 화가 나는가
별 좋고 구부정한 내 눈에 겨우 힘이 다할 즈음
다행히 개의 입이 닫혔다

돌아서면 짖을까 그렇게 한동안 더 쏘아보고 섰는데

나무를 보러 온 어린 동무가 등 뒤에서

배롱나무는 찾았어? 하고 가지 하나를 흔들어보고 있었다

철 지난 목련이었다

얼어붙은 등 뒤에서 전화를 받으며

아 사장님 일찍 왔어요 그렇구나 그렇구나

흰 꽃처럼 애교를 터트리며 비탈을 내려서고 있었다

쌍과부

외양간 가서 노제나 지내면 모를까

굳이 버즘 난 소를 데려다 상여 앞에 놓던 어머니

마누라를 그럴 순 없단 얘기였는데

코에 걸린 가락지가 유난히 커 보여

소도 울고 어머니도 울었다는

연백서 아버지 가시던 날

고촌 밥집

다 늙은 여인에게서 들은 얘기다

우선 그놈의 길부터 없애야 한다
—오랜만에 김수영을 생각하는 밤

짧은 길을

돌아가는 사람이 있고

먼 길도

단숨에 내닫는 사람이 있다

그러나

다다르는 곳은 오직 하나

사람들은 가느라고 바쁘다

내빼느라 눈이 멀고

죽느라고 종횡무진 그러나

세상은 가도 가도 발바닥만 하니

길이 있는 한,

그게 문제다

우선 그놈의 훤한 길부터 없애야겠다

줄부터 지우고

바둑판을 엎고

돌을 던져야 한다

사랑하지 마라

기도하지 마라

살아서 영원히 죽는 법

죽어서 영원히 사는 법

우선 그놈의 멍청한 법부터 묻어버려야겠다

한가지로 벽에 걸렸으나

1

한탄강이 내다뵈는, 고흐의 별 헤는 방이다

이젠, 이젠… 이음새 없는 하늘을 바라보면서

이젠 솔직히 살자—

한 가지로 벽에 걸렸으나 액자와 창문은 다르다

이젠… 저 창밖 풍경처럼 살자

잇대어진 하늘을 본 적이 있는가

천의무봉, 상처를 지우며 지난겨울 눈발이

조용히 무릎을 접던 마당가에

세쿼이아 몇 그루 보인다

2

미국 요세미티 국립공원에는

기원전 싹을 틔운

30층 높이의 세쿼이아 나무 한 그루에서

아직도 한 해 40만 개의 씨가 맺힌다고 한다

의문의 자동차를 피해 올라섰는 저 세쿼이아도

2천 년 정도는 견뎠으면 좋겠다

그러면 이음새 없는 하늘에 얼룩구름이나 보면서

그 곁에 아직 내가 서 있을 수 있을까

이건 단지 키 낮은 사람의 생각일까

한탄의 세월, 모텔 창밖으로

수없이 많은 잡념들이 흘러간다 이젠… 이젠

잇대어진 하늘은 없다 에미 없는 강물은 없다

하늘처럼 혁신하며 살다 가자 한 가지로

벽에 걸렸으나 고흐의 별 헤는 밤

액자와 창문은 다르다

만삭의 포도

아무리 사는 일이 신묘해도
맛있는 포도만은 못하다
무르익은 은하수 사이사이
차가운 갈증으로 행성 하나를 떼어내
쪽쪽 빨다 보면 머릿속에
별들이 가득 찬다 그렇지
벗이여 퇴직연금이 제법 높아도
동그란 포도의 진액만 못하다 못하지
이슬 닮은 어른
어느 허기를 향기로 감싸 안으며
아침을 지키는 아릿함
아무리 여의주가 지천이어도
초승달 아래 포도만은 못하네 못하지
사랑이란 이런 것
생명 중에서도 굶주림에 익숙한 무리
어미보다 큰 술잔은 있어도
어미보다 작은 포도알은 없다네

한 송이 만취의 사랑도

수줍은 당신의 포도알 같은 눈동자라니

아무리 오늘 하루 우쭐해도

지긋이 안아보는 탱탱함이 가득한

포도 이상의 기쁜 만남은 없다 없다네

서점 버티고를 나서며

어느 집에 가면

그 많은 생각과 말들의 다리가 보인다

무릎을 접고 침묵이라는 강의를 듣는다

침묵, 좋은 말이다

돌아보니 나도 여러 권의 시집을 냈다

그것을 참고 한 권으로 냈으면 좋았겠다는 생각을 해본다

그렇게 생각하니 한 권 중에

한 편만 남겼으면 더 좋았을까 궁금해진다

또, 한 편을 남기면 뭐 하나 싶기도 하다

얼마 전 어떤 이*와 나란히 앉았는데 대화가 끊기자

시집을 몇 권 냈느냐고 묻더니 그래요?

열심히 살았네요, 고개 돌려 나를 바라보았다

내 수줍은 답에 그의 말은 단호했다

그 한마디가 가슴에 박혀 돌아오며 눈물이 고였다

힘들겠다는 말은 들었어도 누구도 내게

열심히 살았다고 말해준 이는 없었다

파적 삼아 튀어나온 그 말이

꼭 나에게 해당하는 말만도 아니란 걸 안다

그러나 그래도 오늘은 2019.10.15

천국으로 가는 길은 신선하다

* 한희덕

시인 노트

—시는 솔직히 쓰는 게 아니다. 그러나 나는 솔직히 쓰려 애쓴다. 지금 세태에 내 시는 고전적이다. 희미하지만 어느 한때 그것은 새로움이기도 했다. 나는 어느 한때의 구태를 버리지 않으려고 매일 새로운 시간을 새롭게 보낸다. 모든 것은 새롭고 낡는다. 중요한 것은 그 둘을 어떻게 '새롭게' 가슴에 남기느냐 일 것이다. 내 가슴이 아니고 저 창공의.

—밭을 일구고 씨를 심는다. 글자를 끌고만 왔으니 소보다 미련했구나. 이제는 글자의 생각도 들어볼 때.

—에드워드 사이드가 말년에 신념으로 삼았다던 '자의적인 낙관성' 보다는 노숙자가 신문지 하나라도 덮고 자려는 본능적인, '천부적 낙관성' 을 나는 더 믿는다. 그러면 삶의 '가치' 가 문제이겠는데, 무엇이 어느 인생이 더 소중하고 깊은지는 신만이 안다. 그러니 따질 필요는 없다.

—생각이 자유롭지 못하다. 물질의 홀로코스트 안에 있는 탓. 생존 후엔 다르겠지. 사유의 폭이 좁아지면 행간의 폭이 좁아진다.

— 너무 큰 단어에 갇히지 말 것. 보험료 월세 관리비 걱정. 큰 것은 작은 것 안에 있다.

— 문자 셰프들이여. 때로는 고급 미식가의 얘기도 한번 들어보도록. 그러나 자신만 한 미식가도 흔치 않다.

— 강물이 바다를 채우는 것 같아도 끝없이 바다가 밑돈을 대고 있었다.

— 참선은 모든 잡(사)념을 잘라내고 집중해야 하지만 시는 모든 잡념을 잘라낼 수 있어야 한다. 사무사에 이르게 해야 한다. 시를 쓰는 일은 돈오점수요, 시는 돈오돈수가 되어야 한다.

시는 이기적으로 태어나 이타적으로 살아간다.

— 시는 결국 힘의 문제

— 메시지와 사유와 기술. 결국은 테크닉이다. 철근공도 기술이 필요하다

— 시가 어렵다는 말을 가끔 하게 된다. 시가 미래를 향해 이미 저만큼 달려가고 있을 때다. 시는 현실보다는 더 먼 곳으로 던져지기를 원한다. 그런 시를 끌어다가 식탁 앞에 놓거나 멈추게 하는 것은 오만이고 어려운 일이다. 시는 시가 원하는 대로 놓아주고 나는 다만 음, 어렵군, 한마디 정도면 충분하다. 좋아도 이미 좋은 걸 좋다고 말을 할 필요는 없다.

— 언어의 장벽은 물론 소통의 문제다. 이는 감정의 단절이라기보다는 이성의 단절이라 생각한다. 시가 번역이 가능한 부분은 이성이 아니라 감정, 감상의 일부분일 것이다. D.H 로런스에 관한 책을 더듬더듬 읽으며 언젠가 이 두꺼운 책이 다른 언어로 번역은 되겠지만 제대로 이해되기는 불가능하리란 생각을 했다. 그러나 나름의 감정만 주고받는 것만도 얼마인가. 그래서 모든 사람은 떠난 뒤 대신 울어주는 소리가 더 구슬프다.

— 80년대 말 조선의 고리키라는 민촌 이기영의 『두만강』을 읽다 말았다. 길어서. 레닌의 동지 고리키는 스탈린에 복무한다. 러시아의 재벌 작가 보리스 아쿠닌은 고

리키가 10년만 일찍 죽었어도 러시아 최고의 작가가 되었을 것이라 말했다. 자신이 복종하는 돈은 절대적으로 믿는 모양이다. 작가는 마음을 건설하는 건설 노동자라는 스탈린의 말이 차라리 낫다. 그렇다고 내가 '건설노조'에 가입할 수 있다는 말은 아니다.

—외로움이 빛날 때가 있다. 어제의 숲이 걱정될 때.

—이롭다는 것은 지배하지 않는 것이다.

—세계화는 조화가 아니라 복제화, 단순화이다. 윤동주의 시를 수없이 되풀이 해 읽는 것도 좋지만 또 다른 윤동주의 시를 창작해내는 것이 더 중요하다. 진정한 풍족이 불가능한 것만도 아니다.

—민중시의 칠 할은 관념시다.

—일상에 도전이 없는 사람들이 휴일을 찾아 도전한다.

—학력이 좋은 사람들은 전과前科처럼 겸손을 위해 더

노력해야 한다. 겸손을 알기 위해서도 그들은 매우 불리한 환경에 놓여 있다.

— 종교의 개념처럼 노동, 노동자의 개념 정리가 필요하다. 마르크스와 찰리 채플린이 말한 단순노동의 비인간화. 나에게 노동이 없다는 말은 노동자에게 뇌가 없다는 말만큼이나 치욕적인 말이다. 창작도 자기복제가 심하다면 우선 노동의 마당 밖이다.

— 희망을 따라가는 것이 아니라 절망을 밟고 가는 형용화. 나약해서 아름다워서 비겁해서 다채로워서가 아니라, 그게 기도하는 인간의 모습이다. 인간은 바라본 대로, 빨랫줄에 걸쳐진 대로 휘날릴 수밖에 없기 때문이다.

— 명작은 작가의 운명을 시기한다. 다만 귀신도 자신이 귀신이란 사실을 잊어버릴 뿐.

— 내 사주에 저승서 벼슬자리가 있다 하니 살아서 빈약하더라도 희망으로 견디자. 시가 바위도 깰 수 있다는 나의 믿음은 헛된 것이었다. 시가 아니라 믿음 말이다. 분투

하여 믿음을 찾기 전에, 이미 믿음은 나의 어느 구석에서 꺼내기만 하면 되는 것이었다.

— 독자는 사용자가 아니다. 시인은 독자에게 뭔가 자꾸 일을 시키려 한다. 해체된 부품을 겨우 조합하면 무슨 모양이 나오긴 하는데 그렇다고 작동되는 것도 아니다.

— 재치나 아이디어, 입담 잠언이나 아포리즘이 곧 시가 되는 것은 아니다. 에피소드도 마찬가지다. 이 모두가 개별적 삶의 눅진한 현장, 현실감과 나란히 앉아 있어야 한다.

— 유심무심, '억지로'와 '무심코'

억지로 좋은 글을 쓰면 결과가 좋더라도 크게 칭찬할 일은 아니요, 무심코 졸작이 나와도 크게 탓할 일은 아니다.

— 로베르트 발저는 28년간 정신병원과 요양원을 전전하다 1956년 성탄절에 눈길 위에서 세상을 떠났다. 그는 긴 시간이 흘러 전혀 상관없는 외진 곳에서 전혀 상관없

는 내가 그의 글을 읽으리라고는 상상조차 할 수 없었을 것이다. 짐작조차 할 필요가 없는 일이다. 이럴 때마다 마치 밤하늘의 별을 바라보는 기분이다. 지금은 존재하지 않을지도 모르는 별을 바라볼 때마다 별이 나에게 전하는 한마디는 대부분 이런 것이었다. 왜 나는 별을 바라보아야만 하는가.

— 언젠가 바다도 마르겠지. 오늘은 바다가 겨우 아름다웠다. 당신이 있어서 바다를 볼 수 있었다.

— 현상과 현상 이전, 회화와 공간과 울음과 메아리와 사색과 메시지의 숨죽임만으로 나의 시는 '인상주의 시'라 할 수 있다.

— 아무리 애타는 마음도 물을 움켜쥐고 먹을 수는 없다. 보듬어야 하지만 꼭 두 손일 필요도 없다. 대부분의 사람은 어리석은 사람을 부러워한다.

— 이理냐 기氣냐. 헤아려보는 것도 쉽지 않지만 그걸 두고 정말 그렇게 싸웠을까 더 궁금하다. 지난봄엔 나이에

걸맞게 상가喪家 출입이 많았다. 오랜 세월 함께하고 며칠 전 손을 잡던 이의 흔적은 어디 남았는가. 그래서 싸웠구나. 그럴 수 있겠구나 생각했다. 늘 바라보던 언덕이 사라지고 고층 빌딩이 들어섰다. 그 옛날 포클레인을 봤을 리는 없고 꽃이 피고 지는 것만으로도 조상들은 세상을 다 알고 다 알아서 그렇게 처절하게 싸웠다.

— 애초에 내가 꿈꾸는 것은 세상에 존재하지 않는 것이었기에 구도의 끝은 파멸이 당연하다. 낱낱이 조각냄으로 모든 집착과 욕망을 빼앗기고 나는 광장의 끝, 빈 골목길을 바라볼 뿐이다.

— 스스로 마음의 감옥에 가두는 것만큼 거대한 누명도 없다. 내가 판결하고 나를 가두다니. 안 하는 것과 못 하는 것. 유일하게 인간만이 구별을 못 한다.

— 땀을 흘린다는 것은 좋은 일이다. 그러나 인간만이 땀을 흘린다는 것은 부끄러운 일이다.

— 이데올로기는 창조되는 것이 아니라 진화하는 것이

다. 고통이 있으면 다른 길을 가지만 고통을 느끼지 못하면 시간 위만 걷는다. 변화 없는 몸짓이란 고통보다 더 나쁜 것이다.

— 꿈을 꾸지 않고 꿈을 이야기할 순 없지. 그러나 꿈 밖으로 나와야 꿈이듯 시도 마찬가지다.

— 나의 간절함이란 것은 우주 속의 나의 크기 정도일 것이나 그 음성은 돌아올 수 없는 우주로 날아갈 만큼 한없이 나아갈 것이다.

— 마른 잎이 땅에 닿을 때, 더이상 낙엽이 아닌 기호로서 땅에 닿을 때 모든 문장은 완성되고 읽혀져야 한다. 생명도 하나의 기호에 불과하다. 김종철을 생각해보면 생태주의자는 지극한 합리주의자다.

— 우리가 왜 어디에 갇혀 있는지는 다 안다. 이제 출구만이 출구이다. 그러기 위해선 헛된, 헛되지 않을 시간을 위해 혼란을 뒤로하고 정숙해야 한다. 겸손해야 한다. 존재가 인식을 산화.

— 문학은 척후병일 뿐이며 세상에 실험 삼아 내딛는 척후병은 없다. 생각을 예견한다는 건 얼마나 두려운 일인가. 내가 말하고자 하는 것은 말로서 말할 수 없는 말을 죽이고자 함이다. 말이 안 되는 듯하지만 달리 말할 수 없다. 그런 침묵.

죽음만큼 살았다는 이 아이러니는 정말 시적이다.

— 인간은 두 개의 심장을 가지고 태어났다. 하나는 왼쪽에, 하나는 오른쪽에 〈왜〉라는 심장을 하나 더 가지고.

시인 에세이

문학의 원점과 안과 밖

2018년 저는 『없는 영원에도 끝은 있으니』라는 다소 긴 제목의 새 시집을 냈습니다. 애초 원고를 넘길 때 제가 마음에 둔 시집 제목은 '귀'였는데 새로운 의견이 나왔고 잠시 위의 제목을 놓고 갑론을박하는 계기가 되었습니다. 저는 긴 제목이 함축적이고 짧은 제목이 오히려 더 많은 것을 설명하고 있다고 믿습니다.

시의 한 행에서 따온 『없는 영원에도 끝은 있으니』는 두 가지의 의미가 있습니다. 흔히들 영원한 것은 없다, 말을 하는데 이 '없는 영원'에도 끝이 있다는 말은 곧 '있는 영원', 즉 영원한 게 있다는 말로 바뀌집니다. 그것은 영속이나 불멸을 의미합니다만 꼭 그 말과 일치하는 것은 아닙니다. 삶이란 한두 마디로 정의하기 어렵고 시 역시 그러하니까요. 또한 없는 영원, 즉 가난하거나 미흡한 영원(영원을 영혼으로 한번 읽어주시기 바랍니다. 또 한국에서는 가난한 사람들을 참 없이 산다, 라고 말하기도 합니다.)도 언젠가는 소멸한다는 허무혼을 나름 시적으로 길게 말한 것입니다.

시집 발간 이후 다소 철학적인 제목에 대해 설명해야 하는 번거로움이 여러 번 있었는데 지금 제가 '영원'이라는 복합적이고 오랜 단어를 꺼내는 것은 영원 속에 치유되지 않는 우리 인간의 모습을 한번 되새기고자 함입니다.

이 시집에도 저의 어머니에 대한 몇 편의 시가 수록되어 있습니다. 제가 오랜 세월 언급해온 '김포'라는 지명이 단지 지정학적인 의미가 아니듯이 '어머니' 또한 단순한 모정을 의미하는 것은 아닙니다. 지극히 사적이지만 저의 어머니의 내력을 약간 말씀드리겠습니다. 구순을 바라보는 저의 어머니는 70년 전 자신이 태어나 살던 고향 마을을 떠나 김포로 피난 온 뒤 한 시간 반 거리의 고향에 다시는 돌아가지 못했습니다. 일찍이 대여섯 살에 양친을 잃고 성장한 이후 지금까지 거의 바깥출입을 않고 사셨습니다. 요즘 세상에 흔히 말하는 대인기피증이나 광장공포증이 심각한 상태였을 텐데 제가 어릴 때만 해도 그런 말은 없었고 단지 성격이 그러거나 못난 사람으로 치부되기가 일쑤였습니다. 제가 외부인의 방문을 몹시 꺼려하던 어머니에 대해 헤아리고 어머니에 대해 시를 쓰기 시작한 것은 이십대 이후입니다. 그러나 오랜 세월이 흐른 지금 가족 누구도 어머니의 그런 폐쇄된 생활을 원망하거나 이상하게 생각하지 않습니다.

평론가나 논객이 아닌 제가 문학에 관한 어떤 논리로 촘촘히 말하기는 불편한 일입니다. 지난 시집에서 저는 단 한 줄에 해당하는 저자의 말을 통해 "내 나름의 시 이론서를 하나 쓰고 싶었으니, 이 책으로 대신한다."라고 평소 생각을 강하게 드러내기도 했습니다. 역시 저는 시를 통해, 시로서 말하는 것이 가장 편합니다. 본 글에서도 제 시 두 편을 인용하며 제언 드리는 전략을 이해해주시기 바랍니다. 조금 길지만 어머니에 대한 시를 한 편 읽어보겠습니다.

> 아무래도 나는 롯의 아내가 되지 않기 위해 이 얘길 전해야만 하겠다.
>
> 어린 조카들도 먹여야 하니 네가 대신 남으로 가라. 죽을 고비 서너 번에 고무신까지 갯벌에 벗어준 채 교동서 김포로 오빠 찾아 가는 먼짓길이다. 흰둥이 검둥이 태운 미군 트럭이 지날 때마다 연백 촌것이 보따리 들고 갓길도 아닌 굴렁밭으로 뛰어 내리지 않았겠니. 그때마다 그게 우스워 양키들이 손가락질 하며 크게 웃곤 하더구나. 고촌에 당도해 올케가 처매준 복대 속 돈주머니를 친척 앞에 풀었다. 애들은 위험하니 간수 하마 가져가 영 달

아나 버리더구나. 어둠을 지고 들어온 오디 얼굴의 오빠는 첫마디가 올케는 안 오고 왜 네가 왔냐 소리부터 지르더라. 피난살이 고되고 젊은 아내가 보고 싶기도 했겠지. 올케가 전해주라던 그 잃어버린 전대 오십만 환 얘기를 보따리처럼 안고 평생 끙끙 앓았다. 50년이 지난 언젠가 큰오빠 세상 뜨기 전 맥 놓듯 고백을 하자 그랬구나 하고 검불처럼 털어버리고 떠나더구나. 그렇게 내처 김포서 시집살이 하면서도 고향 연백은 아직 가고 싶은 마음 하나 없더라. 어디 간들 이 한 몸 반길 곳은 없다 믿고 살아왔다. 이제 저승도 두렵지 않구나. 아니 두렵다.

이게 요즘 식으로 말하면 대인기피증으로 평생 집 밖 출입을 두려워한 내 어머니의 손가락 마디만 한 발병 원인이다. 다행히 유전이 아니라 내게서 대물림이 끝나는 짧고 고마운 내력이기도 하다. 삼팔따라지 사팔따라지 돌아봐야 부지깽이만도 못한 세월. 그러나 나는 앞으로 앞으로 돌진 하리니 이제 더 이상 소금기둥 될 일은 없어진 것이다. 돌아볼 일은 없다. 어느 날 정신 나간 늙은 개처럼, 비명처럼 통일이 오든 말든 괘여할 바 아주 아주 없이.

—「소금기둥」 전문

어떠십니까. 사실 이 정도의 사연은 어느 전쟁 세대 어느 나라 사람들이나 있을 법한 일입니다. 그야말로 손가락 마디 하나 정도의 사연일지도 모릅니다. 그러나 저는 그 손가락 마디만 한 발병 원인이 어머니의 일생을 지배했다고 믿습니다. 그리고 시의 내용과는 달리 마치 손가락 걸고 약속을 하듯 그 병은 제게도 전해지고 있습니다. 그러니까 치유를 바라는 저의 시 쓰기는 소망에 불과하다고도 말할 수 있습니다. 전쟁과 죽음, 상처와 상실, 어둠과 공포, 그런 거창한 장막을 걷어내고자 함이 아닙니다. 살아냄, 견뎌냄, 나아가 따뜻해지기 위한 투쟁입니다. 동시에 스스로 묻기도 합니다. 오랜 세월 손가락 마디만 한 병 하나 고치지 못하는 우리는 대체 뭐란 말인가. 시는 무엇이란 말인가요.

5년 전 처음으로 해외 문학 행사에 참가한 어느 날, 저는 교토 지사가리마츠를 걷고 있었습니다.

우선 시詩라는 기표가 눈에 들어서 도쿠가와 정권 때의 시인 이시카와 조잔의 은거였다는 〈시선당〉(詩仙堂)을 향해 걸었습니다. 들어가 보니 정원에 깔린 흰모래와 산다화며 고적한 분위기가 세심洗心이란 글씨와 함께 오늘날 명승지로서 손색이 없어 보였습니다. 방 한쪽엔 영국 찰스 황태자 부부의 방문 사진이 걸린 것으로 봐서 외졌으나 명소로 알려진 곳이기도 한 모양이었습니다. 봄이었고 날씨는 매섭게 추웠으며 하루 종일 눈발이 끊이지 않았습니다. 저는 예정에 없던 길이라 얇은 옷에 감기 기운까지 있었지만 어떤 새 기운을 느꼈고 〈당송 36시선〉의 초상이 걸린 방을 돌 때는 작은 행운을 만난 듯싶었습니다. 사실 쿄토 여행 자체가 예상에 없던 일이었고 몇 년 내 고통에 가깝던 몸과 마음의 여러 고뇌를 잠시 잊고자 한 막연한 도피행이 또한 그 길이었습니다. 명승지임에도 추운 날씨 탓인지 관람객은 드물었습니다. 원래 명상이나 마음 수행에 관심 있는 이들이나 오는 곳인지는 몰라도 오후 방문객은 저와 두셋이 전부였습니다. 그도 제가 36시선詩禪의 초상을 하나하나 음미하고 돌아 나와 고풍스런 정원을 바라보는 명상의 자리에 앉았을 땐 실내엔 저 혼자였습니다. 구옥과 절의 내력 전체를 다 얻은 듯 내 자신을 돌아보기엔 더없이 좋은 시간, 좋은 기회로 여겨졌습니다. 그러나 다다미와 마루는 생각보다 차고 발이 시렸습니다.

마음의 정화는 쉽게 다가오지 않았습니다. 제가 정원을 바라보며 앉아 있는 동안 저를 가장 불편하게 만든 것은 그 차디찬 마룻바닥과 시린 발이었습니다. 소음도 사람도 무엇보다 몇 년간 나를 괴롭혀온 고난도 아니었습니다. 그

건 '일체유심조'로도 견뎌낼 수 없는 사소하고도 매우 엄혹한 현실이었습니다. 이 유서 깊고 좋은 환경에서, 손가락 마디만 한 불편함 하나 견디지 못하는 우리는 대체 뭐란 말입니까.

여기서 말을 잠깐 돌려보겠습니다.

저는 여태 나고 자란 김포라는 지역에서 살아왔습니다.

마을 사람들은 오래전부터 저를 부를 때 꼭 '박 시인'이라 부릅니다. 동창들이나 고향에서는 지위고하를 막론하고 이름을 부르는 게 상례인데 대부분 저에겐 시인이란 호칭을 덧붙입니다. 오랜 세월 그게 고맙기도 해 얼마 전 상갓집에서 마을 선배에게 물었습니다. 내 시를 읽어봤냐고 말입니다. 그러나 마을 사람 대부분은 제 시를 읽지 못했습니다. 저는 대중적으로 유명한 시인은 아닙니다. 그런데 왜 마을 사람들과 동창들은 다들 나를 시인이라 부르고 또 당연히 그렇게 알고 있을까. 갑자기 그게 궁금해졌습니다. 그래서 왜 시인이라 부르느냐 실제 한번 물어봤습니다. 그러자 그들은 답을 못하며 오히려 그렇게 묻는 저를 이상한 눈빛으로 바라봤습니다.

그게 왜 문제인가. 당연한 일 아닌가. 저는 그때 아, 저 사람들은 언제부턴가 당연히 나를 시인으로 생각하고 있었구나. 마을 한쪽, 뒤뜰 한 구석 서 있는 어느 나무나 농기구와 같이 나를 그렇게 바라보고 있었구나. 그리고 그 모습과 몫에 만족하고 있었구나. 그게 나의 자리이고, 몫이며, 이름이었구나.

역시 『없는 영혼에도 끝은 있으니』에 실린 시의 한 부분을 읽어보겠습니다. 제가 나고 자란 마을의 어린 날 풍경을 담은 시입니다.

> 침을 놓는 이, 지붕 잘 올리는 이, 상쇠만 죽어라 두드리는 이, 염하는 이, 돼지 접붙이는 이, 대소사에서 돼지 멱을 기가 막히게 따는 이, 고장 난 기계들 손을 잘 보는 이, 우물 팔 때 땅속으로 들어가 남포에 불을 댕기고 잽싸게 기어 나오는 이, 또 그걸 곁에서 지키다 같이 달아나는 간 큰 이, 새벽부터 점방을 지키던 주정뱅이, 반쯤 나간 정신 영 돌아오지 않는 이, 삼팔따라지, 선거 때면 나서는 이, 울긋불긋 곤당골네, 말 많은 예수쟁이, 말 잃는 수전노 등 몇 안 되는 가호엔 이들 말고도 조 한 되 정도의 뭔가가 오밀조밀 쟁여 있었다. 이제 듬성듬성 자리를 비운 이齒의 부재. 그들은 어디로 가 처박혔는지.
>
> —시 「한 되」 부분

생각해보니 저는 그냥 있어줌, 존재함으로 시인이고 제 시가 있었습니다.

시는 견디는 것, 놓여 있는 것이고 굳이 말하자면 제 시는 제가 어떻게 견디고 놓여 있는지를 보여줄 뿐입니다. 얼마나 더 둥근달을 볼 수 있을까. 그것은 돌아선 뒤의 물음일 뿐입니다. 가버린 적이 없으며, 차고 비는 것이 달과 같아 끝내 사라지거나 커지지도 않는다고 소동파는 〈적벽부〉에서 개안과 깨달음을 재촉하지만 그냥 둥근 달처럼, 가물거리는 별처럼 내처 거기 있음으로, 견딤으로 시가 되고, 시인이 되는 삶을 살고 싶은 게 저의 솔직한 심정입니다. 할 수 있는 최선입니다. 치유는 시의 기능이 아니라 시의 본질입니다. 스스로 깨우치거나 소망하기 전에 온전히 있어줌으로 문학의 기능은 완성된다고 믿습니다. 자리를 지켜줌으로, 기다려줌으로, 버림받음으로 별이 되고 둥근 달이 되고, 찬바람이 되어, 낮아지는, 묵묵히 '거기 있어줌'이 그게 문학의 모습이 아닐까 합니다.

우리는 갈수록 자살률이 높아지는 사회에 살고 있습니다. 그때마다 절망의 덫에 걸려 있는 이들에겐 더 넓고 더 밝은 세계가 있다는 점을 강조합니다. 그러나 정말 더 넓고 밝은 세상의 모습은 어떤 것일까요. 바로 지금 놓여 있는 현실이 넓고 맑은 세상이라는 손가락 마디만 한 확신이라도 가질 수 있다면, 그런 자리가 있다면 세상은 한층 살 만한 곳이 될 것입니다. 둥근달과 온전한 별을 보는데 긴 거리는 필요치 않습니다. 깨달음이 아니라 깨달음 이전의 너의 놓여짐, 있어줌, 시려오는 발에게 견뎌줌이 감동의 시작이 아닐런지요.

언젠가 천문관측소에 간 적이 있습니다. 그곳에선 밤하늘을 칠판 삼아 해설자가 레이저 빔으로 별들을 하나 가리키며 별자리 여행을 시켜줍니다. 별과 우리의 거리는 실제 얼마나 멀겠습니까. 그러나 그 짧은 레이저빔으로 우리는 별 하나를 충분히 가리킬 수 있었습니다. 그렇게 작으나 뚜렷이 밝고 선명한 빛이 있으면 되는 겁니다. 시의 기능은 이렇게 작고 소박하지만 멀리 바라볼 수 있어야 합니다.

시인은 자연의 소리를 옮길 뿐이라는 말도 많이 합니다. 그러나 시인이 자연에서 받은 혜택을 자연에게 돌려줄 때 자연과 나의 온전한 교유는 작동합니다. 단지 나의 허기를 채우는 것만으로는 부족합니다. 얼마 전, 한국에서는 칠곡, 곡성 할머니들의 시집이 인기를 끌었습니다.

그들은 평생 읽고 쓰기조차 자유롭지 못한 분들이었습니다. 그런 환경과 특이한 삶의 내력이 세간의 관심을 끌었습니다. 평론가들은 시의 본질 운운으로 시선을 확대해 나가기도 했습니다. 그러나 그분들은 평생 자연과 더불어 살아왔고 차고 비움도 없이 이제 자연에 답할 뿐이었습니다. 그걸 가지고 요란을 떠는 건 오히려 우스운 일입니다. 그들은 늦은 향유가 아니라 애초에 자연과 상호 한 몸이 됨으로서 시가 된 것입니다. 시로서 거기 견뎌왔음을 확인해줄 뿐이었습니다.

심리적 외상이 쓰고 읽는 일로 치유될 수 있다는 것은 이미 오래전 임상적으로 입증된 바가 있습니다. 생물학적 면역체계의 변화가 과학적으로 입증되었지만 무엇보다 중요한 것은 예술 활동과 여타 인간행위의 차이를 따져 문학의 영속성을 지키는 일입니다. 나아가 우리의 존재가 어느 시간대 어느 천지간 영원히 존재하느냐, 그럴 가치가 있느냐를 저는 소리 없이 때론 흔적 없이 보여주고 싶습니다.

제 한미함이 누군가에게는 더없이 큰 기쁨이 되기도 하고 상처가 되기도 한다는 것을 이제 조금 압니다. 저는 아마 그 정도만 알고 놓여 있음으로 이번 제 시 쓰기의 생은 채워지리라 봅니다. 사실 더 이상 제가 무엇을 할 수 있겠습니까. 영원이란 것이 과연 있을까요. 영원한 무엇이 존재한다면 우리는 오랜 세월 그 영원을 갈구하지는 않았을 것입니다. 그럼 진정 영원이란 없을까요. 그건 내가 영원 안에 있느냐 영원 바깥에 있느냐의 문제일 것입니다. '영원'의 안과 밖은 어떻게 경계 될까요. 그런 대기권이 있을까요. 우주는 실재인가요. 오랜 세월 김포 들길을 걸으며 묻고 답해온 질문입니다. 저에게 우주는 있기도 하고 없기도 했습니다. 다만 지금도 누군가는 들길을 걷고 있고, 달려가고, 달려가며 그래도 아쉬워 돌아보는 시선이 있을 뿐이라는 겁니다. 여기까지가 제가 당도한 시의 마당입니다. 시의 생명입니다. 감사합니다.

* 한/일시인교류회의 발제문을 일부 수정함(계명대학교 2019.10)

해설

구경적 삶의 형식과 이성에서 생명으로의 존재 전회

홍기돈(문학평론가, 가톨릭대학교 교수)

1. 심연 위에 펼쳐진 '구경적 삶의 형식'

박철이 "멀리" 있는 것들을 지금 여기의 현장으로 불러들이고 있는 양상은 '구경적究竟的 삶의 형식' 추구라 이를 만하다. 맨 앞에 배치된 「바람을 따라서」가 그러한 면모를 충실하게 드러낸다. "송어 양식장 오긴 처음이다/ 주인이 먹이를 뿌리니/ 아귀다툼으로/ 입들이 모여들었다// 송어를 건져다 점심을 먹는다// 어느 땐가 절터라는데/ 바람도 공양을 보태어// 멀리 뵈는 작은 산들도/ 살결처럼 힘이 붉구나"(「바람을 따라서」 전문) 담담하게 진술된 제 1연의 송어 양식장은 우리의 삶이 펼쳐지는 현장이라 할 수 있다. 먹이를 좇아 아귀다툼 벌이는 것이 어찌 송어뿐이겠는가. 그런데 시인이 정작 관심을 기울이는 것은 아귀다툼의 현장이 아니라, 모든 아귀다툼의 끝에 자리를 잡고 있는 종착 지점이다.

아귀다툼의 승패 여부와 상관없이 살아 있는 모든 것들은 죽음 속으로 침몰할 수밖에 없다. 치열하게 아귀다툼하던 송어가 요리 상태로 식탁에 오르는 것처럼 말이다. "멀리"라는 거리감은 그러한 삶의 형식을 일깨우는 지점에서 부각된다. 산이란 뭇 생명을 품고 키우는 자연의 상징이다. 마지막 연은 단풍으로 물든 산의 정취를 붉다고 토로한 것일 텐데, 시인은 이를 "붉구나"라는 영탄조로 표현하고 있다. 아귀다툼을 기본 형식으로 삼기에 생명력은 송어 "살결처럼" 붉게 약동하며, 그러한 생명력을 담지하고 있기에 자연의 운행 또한 붉은 색으로 되새기는 것이다. 물론 생명은 결국 소진되고 말 터, 겨울을 앞둔 가을의 예비된 경로와 일치하고 있다. 그러니까 송어 양식장의 단면이 '구경적 삶의 형식'으로 포착되는 순간의 깨우침이 "붉구나"라는 영탄조를 이끌었다는 것이다.

구경적 삶의 형식을 존재의 심연과 관련하여 부각시킨 시편으로는「솜씨」「새를 따라서」「빛을 따라서」「메아리」「패리스」등을 꼽을 수 있다. 송어 양식장에 먹이 뿌리는 주인이 있듯이, 삶과 죽음이 펼쳐지는 장에는 "강철선을 구부려 그라인더에 갈고/ 끝이 보이지 않게/ 미늘도 곧추세워" 낚싯바늘 만드는 존재가 자리한다. "하늘 아래 높은 곳/ 바람을 움켜진 손"을 지닌 그는 조물주라 이해할 수 있다. '하늘'의 절대성과 '바람'의 허무까지 한꺼번에 장악한 면모이기 때문이다. 어느 누구도 그가 만든 낚시 바늘로부터 자유로울 수 없는 까닭은 이로써 기인한다. "무엇이든 낚을 수 있어요/ 우리는 모두 여기에 걸린답니다" 이렇게 존재의 심연에 인격을 부여하여 형상화한 시가 「솜씨」이다.

「새를 따라서」에서 심연은 먼 여정의 기원으로 펼쳐진다. 우선 "시베리아를 떠나 멀리 날아온/ 가창오리"에서 시베리아는 존재의 심연을 일깨운다. 척박한 시베리아의 환경이 존재의 근거를 환기시킬 뿐만 아니라, 그곳의 바이칼 호수는 한국·몽골·일본 등의 조상이 구석기 적 삶을 펼쳤던 시원이기도 하기 때문이다. 따라서 가창오리의 이동은 살아있는 모든 존재의 운명이라 이를 수 있을 터, 박철은 이를 다음과 같이 표현하고 있다. "새들처럼, 새를 따라서/ 먼 길 가는 것이 예삿일은 아니지만/ 한번 따라나서면 이 길은/ 가고 싶지 않아도 가게 되어 있다" 심연에서 시작된 여정의 끝 또한 심연일 터이다. "원래 어느 한 점이/ 쓸쓸히 타며 살아내는 것을/ 월동이라 하듯/ 잠시 한곳에 나앉았을 뿐/ 눈물도 결국 마르게 되는 것처럼"

그렇다면 심연에서 심연으로 미끄러지는 삶이 대체 무슨 의미가 있을까. 호숫가에서 "단출한 살림을" 이어가는 "물닭"의 반대편에서 펼쳐지는 가창오리의 군무에서 시인은 답변을 마련하고 있다. "지난밤 남몰래/ 새들이 그리는 침향무沈香舞를 보았을 때/ 그 겨울 촛불처럼/ 천지간/ 가장 큰 생명체를 보았을 때/ 나의 생은 끝난 거나 마찬가지였다" '가창오리의 군무'로 표현되는 침향무는 존재의 영원성을 상징한다.[1] 그러니까 가창오리의 군무를 보면서 시인은 개별적 존재의 유한성을 넘어서는 삶의 의미를 느꼈던 셈이라 할 수 있다. "지상에 없는 계절을" 날겠다는 비상 의지에서 시인의 지향이 가창오리의 여정과 다를 바 없으리라 판단할 수 있으니, '단출한 살림' 가운데 안주하는 '물닭'(=양식장의 송어)으로서의 삶 바깥으로 나아가려는 면모가 확인되기도 한다.

「빛을 따라서」는 빛깔에 관한 시편이다. 우리가 살고 있는 세계의 빛깔은 다양하다. "과자 몇 개를 훔치고/ 나 좀 잡아가세요 하는 노인의/ 외로움은 감자빛", "붙들려

1 '침향무'는 1974년 황병기가 발표한 가야금 연주곡이다. 신라 시대 불상이 춤추는 모습을 음률로 담아내고자 했던 그는 어느 밤 하늘을 올려다보며 천년이 넘도록 변함이 없는 우주의 신비 속으로 빨려 들어갔다고 한다. 자신이 신라인들과 동시에 볼 수 있는 것은 별빛뿐이라는 데 착안하여 만들어진 곡이 침향무였다.

온 노인에게/ 이렇게는 감옥에 못 보냅니다/ 고개 숙여 연고자를 찾는/ 젊은 경찰의 제복은 쪽빛", "역사의 겉장은/ 황토빛", "나룻배의 한숨은/ 창호빛", "한 가족의 실종을 지켜보던/ 그 가슴은 물끄러미빛", "채석장 울타리는 쇳물빛" 등등. 우리 삶의 이 모든 빛깔은 검은빛으로부터 출현하였다.[2] 심연의 빛깔은 검다는 말이다. 시인은 삶을 "내가 떠나왔다는 어느 먼 곳으로"부터 "칠흑빛 속도로 감옥으로 가는" 것이라 진술하고 있는 바, 삶의 불가역적인 방향에 따라붙는 속도를 하필 '칠흑빛'으로 표현하는 까닭이 이로써 이해할 수 있다.[3] 박철은 삶이 심연 위에서 펼쳐진다고 파악하는 것이다.

「빛을 따라서」의 "칠흑빛 속도로 감옥으로 가는 나"라는 인식은 「메아리」에서 "모든 실체는" "그림자만 남기

---

2 "은옥재殷玉裁의 설해문자說文解字에는 현玄을 이렇게 설명하고 있다. 현玄은 검은색[黑]인데 그 검은색은 빨간색[赤]을 내포하고 있으며 다시 그 빨간색은 노란색[黃]을 내포하고 있는 그러한 유원幽遠한 색채가 곧 현玄이라는 것이다. (중략) 묵墨은 존재의 근원적[幽遠]인 것, 즉 실재實在를 상징하는 색채라는 것만은 확실하다."(朴容淑, 「東洋畵에서 韓國畵까지」, 『狀況』, 1972.겨울, 92쪽.) 검은색은 태초의 빛깔이며, 뭇생명의 붉은색과 땅의 노란색은 이로부터 생겨났다는 의미이다.

3 시집 『인절미』에는 시간의 불가역성 위에서 삶을 파악하고 있는 시편이 상당 수 실려 있다. 이들 시들에서 시간의 불가역성은 '강'을 매개로 형상화된다. 대표적 사례로는 "그 흔한 이름의 강에서/ 무엇을 기다리는지 다가올 것인지/ 내가 거기까지 알고 떠날 수는 없을 것이다"라고 토로하는 '인생'이란 부제가 붙은 「혹스베리강」을 꼽을 수 있다. 반면 심연에 해당하는 소재는 "강에서 좀 먼 곳"(「솜씨」) 등으로 나타난다.

고/ 그 어떤 주인도 없어요"라는 진술로 이어진다. 심연의 도저한 칠흑빛 깊이로 인하여 실체의 주인이 사라져버린 형국인 것이다. "서산 밑의 메아리/ 메아리의 주인도 없죠"에서의 '서산'은 「빛을 따라서」의 '감옥'(=죽음)에 대응하는 시어이기도 하다.

어떠한 인간도 존재론적 불안으로부터 자유로울 수는 없다. 예컨대 상당한 재산을 상속받은 것으로 유명한 패리스 힐튼 또한 "진심 어린 사람을 많이 아는 것 같지 않아요"라며 악몽을 꾸고 있다. 여기에 대하여 시인은 "강 건너 조금 더 먼 곳에서" 자신 또한 "당신과 같은 아픔에 뒤척였"다고 풀어놓고 있다. 물론 '강 건너 조금 더 먼 곳'은 모든 인간이 발 딛고 있는 심연을 가리킨다. "우리가 서로 모르듯 우리는 한 배를 타고" 심연으로 나아가고 있다. 우리네 삶은 심연 위에서 펼쳐지고 있다는 것이다.

2. 이성에서 생명으로 전회하는 순간의 호각 소리

근원적인 검은빛으로부터 여러 다양한 빛깔, 즉 삶의 구체적 면모가 파생하였다는 「빛을 따라서」의 진술 방식은 심상하게 지나칠 대목이 아니다. 감각·감정에 초점을 맞춰 세계를 이해하는 박철의 태도가 드러나는 지점이기 때문이다. 이성에 근거하여 작동되는 이 세계에 대한 시인의 비판 의식은 「태양의 설화」, 「우선 그놈의 길부터 없애야 한다」 등에서 확인할 수 있다. 「태양의 설화」에는 세 부족이 등장한다. 먼저 "산수에 약하다 할까 셈에 너그럽다고 할까 하나는 짚는데 둘은 모르는 부족". 이들은 "잠자리에 들기 전 꿈으로 가는 인사를 하는데 그걸 금세 잊어먹고 바로 잊어먹고 또 하나를 세며 다시" 인사를 나눈다. 이는 어떠한 계산(수학적 세계)도 없고 다만 서로에 대한 애정만 반복되는 세계이다. 다음으로 "호주 에버리진"의 "칭찬하는 말로 싸우는 부족". 부족원들은 미움을 모르는 까닭에 "앎 없이 오랜 세월 양귀비에 취한 듯 웃는 얼굴로 하루를 보내다 밤을" 맞이한다. 여기서 '앎'은 이성을 상징할 터, 앎 없는 이네들은 "코카인을 치약이라 팔아먹"는 "백인들"에 의하여 종말을 맞이하고 말았다.

마지막은 "페루 마치겐가 부족"이다. "페루 마치겐가 부족 마테오 투나리 씨는 삼나무 잎에서 애벌레를 잡았습니다. 늪으로 가 애벌레로 피라냐를 잡았습니다. 강으로 가 피라냐로 철갑메기를 잡았습니다 바다로 가 메기로 메갈라냐를 잡았습니다 그날 저녁 마을 사람들과 마갈라냐를 나누어 먹으며 마치겐가 부족 마테오 투나리 씨는 고개를 숙였습니다 이제 우리는 어쩌지 우리는 어쩌지 어쩌지" 마치겐가 부족의 생산 방식은 자연 질서에 기반해 있으며, 생활은 공동체 단위로 운영되고 있다. 이들은 그러한 세계의 파국에 직면하였을 터이다. '이제 우리는 어쩌지 우리는 어쩌지 어쩌지'라는 암담함이 이를 드러낸다. 파국을 조장한 자는 누구일까. 숫자를 잘 알아 셈에 밝고 상당한 양의 앎(이성)까지 축적한 이들임에 틀림없어 보인다.

시인은 과학적 세계관에 근거하여 구축된 근대 질서를 넘어서고자 한다.「우선 그놈의 길부터 없애야 한다」를 보자. '마치겐가 부족의 마테오 투나리 씨'가 "짧은 길을/ 돌아가는 사람"이라면, 앎이 많은 근대인은 "먼 길도/ 단숨에 내닫는 사람"이라 할 수 있다. 생활 방식의 차이에도 불구하고 그 둘이 "다다르는 곳은 오직 하나", 즉 심연이라는 점에서는 다를 바 없다. 그런데도 "사람들은 가느라고 바쁘다/ 내빼느라 눈이 멀고/ 죽느라고 종횡무진". 우리 앞에 명료하게 펼쳐진 듯 보이는 그 길을 봉쇄해버리려는 자리에서「우선 그놈의 길부터 없애야 한다」가 쓰였다. 박철이 "우선 그놈의 훤한 길부터 없애야겠다"고 말하고, 다시 "우선 그놈의 멍청한 법부터 묻어버려야겠다"고 다짐할 때, '그놈의 훤한 길'과 '그놈의 멍청한 법'은 근대를 구축

하는 기본 원리가 된다는 것이다.

어쩌면 이성을 어느 정도 잠재우고 나서야 우리는 생명에 대한 많은 것을 깨닫게 될 지도 모른다. 가령 "당신이 잠든 사이/ 그래도 당신의 심장이 뛸 때". "발톱이 자랄 때" 혹은 "피의 강물이 흐를 때". "간은 시끄러운 오물을 분류하고/ 굳은살은 굳은살대로 뼈는 뼈대로 반듯해질 때". 시인은 이를 "은하수 기울며 우주의 물레방아가 은연히 돌아가는 밤/ 어둠도 빛을 읽고 시간도 당신을 위해 기다리고 있을 때"라고 표현하고 있다. 그러니까 완고한 이성 중심주의에서 벗어나는 시점에 이르러서야 생명으로서의 자신을 온전히 돌아볼 수 있게 되며, 우주 만물과 일체감을 가질 수 있게 되리라는 전언인 셈이다.[4] 이러한 존재의 전회轉回가 요구되는 순간 깨달음을 일깨우려는 듯 '인경人定'과 '호각', '싸이렌'이 울리고, 시인이 묻는

4 근대 사상의 근거에 해당하는 데카르트의 코기토는 인간이 '생각의 주체'(subject of thinking)라는 관점을 전면에 내세운다. 하지만 '생명'으로서의 인간은 그 외에도 세 가지 주체성을 더 드러낸다. 소화, 호흡, 동화, 배설과 같은 작용으로써 생명을 이어나가는 '대사의 주체'(subject of metabolism)라는 관점에서는 세균과 다를 바 없고, 외부 자극을 느끼고 이에 반응하는 '감각의 주체'(subject of sensation)라는 기준으로는 지렁이와 다를 바 없으며, 감각으로 얻은 다양한 자극을 중추신경이나 두뇌에 저장하고서 기억된 경험에 비추어 사태에 대응하는 '지각의 주체'(subject of perception)라는 측면으로 보건대 개나 고양이와도 공통점을 가진다. 동아시아의 전통사상은 이러한 공통점을 근거로 인간은 여타 존재와는 다르되, 자연의 일부임을 일깨우고 있다. '생명과 관계 맺음의 주체'에 관한 논의는 최봉영의 『주체와 욕망』(사계절, 2000) 참조.

다. "당신은 무엇을 하나요/ 멀리 호각이 울릴 때/ 멀리 싸이렌이 밀려올 때". 「이기이원론理氣二元論」은 자신의 세계가 기氣의 가치 복원 혹은 우위에 입각해 있음을 내세우는 것처럼 다가온다.

생명에 입각하여 세계를 파악하는 까닭에 박철이 자연과 하나되는 방향으로 나아가는 것은 당연한 귀결이다. 다른 존재가 가지지 못한 인간의 특별함을 내세우는 데 이성이 강조되는 반면, 뭇 존재와의 공존 가능성을 끌어안는 지점에서 생명의 의미가 부각되기 때문이다. 이를 보여주는 대표적인 시편이 「한가지로 벽에 걸렸으나」, 「중늙은이의 비」 「눈」 「클라리넷과 실버들」 등이다. 「한가지로 벽에 걸렸으나」의 공간 배경은 "한탄강이 내다뵈는" "모텔"의 방이며, 벽에는 "고흐의 별 헤는 밤" 그림이 걸려 있고 바깥 풍경이 펼쳐진 창도 하나 뚫려 있다. '한탄강'의 어감이 "한탄의 세월"로 진행되고 있으니 임시거처에 불과한 '모텔'은 유한한 삶의 상징이 되겠다. 자, 어떻게 살아야 할 것인가. 시인은 "창밖 풍경처럼 살자"고 다짐한다. '창밖 풍경'은 다음과 같이 펼쳐져 있다. "잇대어진 하늘을 본 적이 있는가/ 천의무봉, 상처를 지우며 지난겨울 눈발이/ 조용히 무릎을 접던 마당가에 세워이아 몇 그루 보인다".

'상처를 지우며' 내리는 '눈발'은 하강 이미지이며, 우뚝 솟은 '세쿼이아 몇 그루'는 상승 이미지다. 그러니까 시인은 창밖 풍경에서 천상계와 지상계의 교통을 느꼈던 셈인데, 이때 "이음새 없는 하늘"이 완벽한 교통을 의미하는 상징으로 자리하는 것이다. 지상에 발을 딛고 있는 시인이 "하늘처럼 혁신하며 살다" 가기 위해서는 세쿼이아처럼 수직 방향으로 우뚝 서 있어야만 한다. 직립 자세를 통한 영원성에의 지향은 오래된 세쿼이아 이야기로 펼쳐진다. "미국 요세미티 국립공원에는/ 기원전 싹을 틔운/ 30층 높이의 세쿼이아 나무 한 그루에서/ 아직도 한 해 40만 개의 씨가 맺힌다고 한다" 시인이 영원성으로 나아가는 길은 삶의 태도를 오래된 세쿼이아와 일치시키는 방편밖에는 없다. 이렇게 자연의 세계로 나아가겠다는 시인의 의지가 낳은 시와 시구가 「한가지로 벽에 걸렸으나」 "액자와 창문은 다르다"는 것이다.

"이 우주의 다락같은 아지 못하는 곳에서" "난간 위에 떨어지는 빗방울 보며" "농부는 반겨 황무지에 씨를 뿌렸을 것이며/ 어부는 태양 아래 힘차게 그물을 당겼으리라"라고 진술하는 「중늙은이의 비」에서도 천상계와 지상계의 통일을 파악할 수 있다.「한가지로 벽에 걸렸으나」에서의 '눈'처럼「중늙은이의 비」또한 천상계에서 지상계로 하강하고 있으며, '비'는 다시 똑같은 방향성 가운데서 '태양'으로 확장되고 있기 때문이다. '농부'와 '어부'는 이 가운데서 삶을 이어나가며, 시인은 그러한 삶의 의미를 되새기고 있다.

「눈」의 경우는「한가지로 벽에 걸렸으나」「중늙은이의 비」에서 나타나는 구원과 관련되는 상상력의 수직축이 확인되기는 하지만, 삶의 무거움을 환기시키는 상상력의 수평축이 더욱 분명하게 다가온다. 자연 재해에 맞닥뜨린 몽고말의 운명 위에 시인 자신의 모습을 투영하는 태도가 선명하기 때문일 듯하다. 다음은「눈」의 전문이다.

조드(dzud)에 시달려 흙을 먹다가
흙으로 돌아가는 몽고말의 눈을 보았다

유네스코에서 보여주는 아프리카 기아의
슬픈 눈과는 또 다른 눈동자였다
눈은 수없이 많은 것을 밖으로 볼 수 있지만
우주보다 큰 것을 안으로 새기고 있다
변하지 않아도 자라나고

보이지 않아도 살 수 있는 이유

눈에서는 눈물도 나온다 총량이 무의미한
눈물은 사실 소나 말의 것만은 아니다
눈물 흘리는 모든 이의 눈을
가만히 들여다보면
눈물이 그 이만의 눈물이 아님을 알 수 있다
강의 뿌리가 멀리 있음을 내 눈에 새기며
마음을 따라 흐르는 그 에린 강을 거슬러 오르다보면
그 순간에
굶주린 신의 입가가 보이고
신이 되어
신의 목소리를 듣는다

신이여 당신과 나
너무 멀리 헤어져 순간의 집은 다르나
뚜렷하게 바라볼 수 있구료
때론 크고 때론 말라붙고
때론 턱없이 긴 강
맑고 아프고 오래도록
누구의 것도 아닌 내게 주어진 늙은 풍화와
어쩔 수 없음의 간절한 평화

먼지뿐인 대지를 덮으며

무심한 바닥을 온몸으로 적시며

조드에 시달려 흙을 먹던
몽고말은 진실로 조용히 말하고 있었다
말 없는 대지를 육신으로 채우며
몽고말은 눈물로 조용히 씻어내고 있었다
나는 스스로 아픈 자를 돕는다

인생을 고행苦行의 바다라 말하곤 한다. 이를 극단적인 상황으로 제시한다면 제 1연 정도가 될 터이다. '조드(dzud)'라는 재난 가운데서 몽고말이 어떠한 먹을거리도 없어서 흙을 먹다가 종국엔 아사하고 마는 장면이기 때문이다.[5] 그런데 이는, 인간이 아니라, 몽고말 얘기가 아닌가. 시인은 이것이 우리들 이야기이기도 하다는 사실을 눈부처 개념에 입각하여 풀어나가고 있다. 몽고말의 '눈은 (중략) 우주보다 큰 것을 안으로 새기고 있다'. 눈부처란 본디 눈동자에 비치어 나타난 사람의 형상이라는 뜻이

5 몽골인들은 영하 40도가 넘는 혹한이 계속되고 풀이 자라지 않는 재해 현상을 '조드'라고 부른다. 재앙이라는 뜻이다. 과거 10년 주기로 조드가 발생하였으나, 최근에는 그 간격이 짧아졌고, 언제 발생하는지 예측하기도 어려워졌다고 한다. 2010년 몽골 유목인들은 조드로 가축 6백만 마리를 잃었고, 2012년과 2016년에도 조드가 찾아들었다고 한다.

나, 눈동자에 비친 형상을 굳이 사람으로만 한정해야 할 까닭이 없다. 그러니까 몽고말의 눈에는 참혹한 조드 상황이 묵시록의 한 장면처럼 펼쳐지고 있으며, 상황을 담아내면서 새기게 되는 공포와 고통은 온 우주의 무게에가 닿을 정도로 깊은 까닭에 '밖으로' 보는 '수없이 많은 것'보다 더욱 '큰 것'일 수밖에 없는 것이다.

몽고말과 몽고말의 눈에 비친 상황을 시인은 자신의 두 눈에 담고 있다. 이 순간 눈부처 개념이 작동한다. 이를 매개하는 소재가 '눈물'이다. "눈에서는 눈물도 나온다 총량이 무의미한/ 눈물은 사실 소나 말의 것만은 아니다/ 눈물 흘리는 모든 이의 눈을/ 가만히 들여다보면/ 눈물이 그이만의 눈물이 아님을 알 수 있다" 감정의 공명이 진행되는 지점에서 인간은 몽고말과 하나의 운명체가 되며, 신은 모든 존재가 하나 되는 바로 그곳에 자리를 잡고 있다. 생명체의 삶이 고행으로 점철되는 까닭은 우리 안에 내재한 신성神性이 고통·공포·슬픔을 통하여 비로소 드러나기 때문이다. "때론 크고 때론 말라붙고/ 때론 턱없이 긴 강/ 맑고 아프고 오래도록/ 누구의 것도 아닌 내게 주어진 늙은 풍화와/ 어쩔 수 없음의 간절한 평화"

「클라리넷과 실버들」에서는 자연계의 질서와 우리네

사회 질서가 유비 관계를 유지하는 양상이다. "눈송이는 실개천으로" 모이고, 개천가에는 "실버들이 흔들리며" 서 있다. 개천가에 늘어서 있지 않은 식물들 또한 깊은 곳에서 개울물에 잇대고 있으니, "흰명아주 버들강아지 며느리배꼽에 쑥부쟁이 부득 억새까지/ 끊어질 듯 이어지며 반짝이는 출렁임"을 "오케스트라의 화음"에 빗대는 시인은 "서툰 음을 하나하나 개울물에 씻어" 올린다고 표현한다. ① 눈송이가 실개천으로 모이듯 "국민의 세금이" 마련되고, ② 이는 "뇌출혈로 한쪽" 다리를 저는 "혼자 사는 사내의" 기초생활비로 흘러가고, 사내는 "기초생활비에서 떼 낸 이십만 원"을 매달 사글세로 지급하며, ③ 사글세는 "어머니의 쌈짓돈이" 되는데, ④ 그 일부가 시인의 가용家用으로 돌아가고, ⑤ 이는 다시 둘째의 용돈이 된다.

아무리 시간이 흘러도 "실개천은 하염없이 돌고" 있을 것이며, "먼 훗날 아득한 곳에서도 실버들이 흔들리며" 서 있으리라 시인은 진술하고 있다. 그러면서 "그게 변치 않는 내 인생의 이력"이라고 덧붙이고 있으니, 시인은 자기 삶의 태도를 자연의 질서에 겹쳐놓은 셈이 된다. 뿐만 아니라 순환하는 자연 가운데서 영원의 가능성을 마련하고 있다고도 볼 수 있다. 이는 생명에 입각하여 세계를 바

라보는 자에게만 허용된 세계일 터이다.[6]

3. 황새걸음으로 펼쳐지는 시인의 숙명

표제작 「새를 따라서」에서 시인은 가창오리의 군무를 "지난밤 남몰래" 보았다고 하였다. 모두가 자고 있을 때 저 홀로 깨어 어둠을 전회시키고자 하는 자가 시인이다. 그러니 박철이, 오로지 그만이 침향무를 연상시키는 가창오리의 황홀한 군무를 목격하는 것은 당연하다고 하겠다. 일상 생활의 방향에서 보자면, 이는 생활에 도움되지 않는 비실용적 체험일 수도 있다. "우연찮게도 내가 좋아하는 시인들은/ 대개 불행하게 살다 갔다"라는 구절로 시작되는 「황새걸음」이 이를 드러낸다. 불행하게 살다가 간 박철이 좋아하는 시인들은 공통점이 있으며, 박철 또한 이를 따라 배워서 공유하고 있다. "당신들은 하나같이 자신을 버리지 못했다/ 편하게 살라 하나 마나 한 말뿐이었다/ 나는 그들에게서 황새걸음만 배웠다" 여기서 버리지 못한 '자신'이란 시인으로서의 자의식일 터이며, '황새걸

---

6 「다른 빛에 대하여」는 자연과 관련된 일련의 시편들과 비교할 때 다소 이질적으로 다가온다. 여기서 시인은 "이름을 알 수 없는 작은 섬으로/ 송전탑들이 건너가고 있었습니다"라면서 "어제도 오늘도 내가 떠난 뒤에도/ 철물은 그렇게 너물너울 건너가고 있을 텐데/ 진정한 탑입니다"라고 말하고 있다. 과학이 휴머니즘의 의상을 입고 서해의 자연과 융합하고 있는 면모는 시집의 전체 흐름에서 다른 경향을 내보이는 것이다.

음'이란 일상 질서 너머로 나아가려는 삶의 태도를 가리킬 것이다. 시인으로서의 삶이 숙명일 수밖에 없음을 박철은 다음과 같이 되묻고 있다. "자네는 그렇게 살지 말게 그러나/ 자네는 그러지 말라지만,/ 어쩌란 말인가".

일상 질서에 안주하지 못하는 면모는 「나의 詩」에서도 드러난다. "평생 벗어나지 못한 지옥 중의 하나는/ 저체중이었다/ 먹어도 먹어도 살이 되지 않았다// 주렴 없이 곁을 떠난 이들의 몇은/ 나와 함께 하다가는 끝내 견디지 못할/ 비만 때문이었다" 일상 바깥으로 비상하려는 정신이 '저체중'이고, 일상에 안주하는 무거운 정신이 '비만'이겠다. 그러니까 '황새걸음'으로 표현되었던 삶의 태도가 「나의 詩」에서는 '저체중'으로 표현된 셈이다. 저체중의 몸으로 황새걸음을 걷는 것이 박철이 맞닥뜨린 숙명이라면, 박철은 천생 시인일 수밖에 없는 처지가 아닐까. 시집 『새를 따라서』는 천상 시인의 걸음이 어디로 펼쳐져 있는가를 보여주는 시집이다.

박철에 대하여

박철은 보이지 않는 것을 보이는 세계 안에 끌어오는 일보다는, 벌써 보이는 것들의 세계 속에 들어와 있지만 마음들이 내팽개쳐버린 것들의 먼지를 닦고 당신들이 찾는 것이 여기 있다고 가만히 말하는 일에 더 치열하다. 그는 그것들을 "사소한 기억"이라고 부른다. 순수시이건 정치시이건, 겉으로 치열한 시이건 속으로 치열한 시이건, 모든 시가 확보하고 지키려는 것이 그것이 아니고 무엇일까. 박철을 치열하지 않다고 말한다면 우리는 치열함을 배반하는 꼴이 될 것이다.

황현산 (문학평론가)

박철 문학의 가치는 바로 이 '주변적인 것'의 존재를 증언하고 중심의 가치(교환가치)로 흡수되지 않는 세계의 존재성을 드러내는 데 있다. (...) 박철의 시에서 삶과 시, 일상과 문학의 경계가 불분명한 이유는 '주변적인 것'에 대한 관심이 일상의 바깥에서 사유될 수 없다는 굳건한 믿음 때문이다.

고봉준 (문학평론가)

활력 있는 미래적 전망으로부터 스스로를 차단하면서도 비극적 상상력의 근원이 되는 '희망'을 노래하는 마지막 시인으로서, 그의 행보는 우리 시대를 은유하는 서정시의 순금 같은 권역일 것이다.

유성호 (문학평론가)

그의 시를 읽고 있노라면 누군가가 내 고단한 발을 찬물로 씻겨주는 것만 같다. 꼭 한번 그와 함께 들판의 새벽을 보고 싶다. 나를 대신해 그가 울어줄 것이다.

문태준 (시인)

K-포엣
새를 따라서

2022년 2월 14일 초판 1쇄 발행

지은이 박 철
펴낸이 김재범
관리 홍희표 박수연
인쇄·제책 굿에그커뮤니케이션
종이 한솔PNS
펴낸곳 (주)아시아
출판등록 2006년 1월 27일 제406-2006-000004호
주소 경기도 파주시 회동길 445
전화 031.944.5058
팩스 070.7611.2505
홈페이지 www.bookasia.org
전자우편 bookasia@hanmail.net

ISBN 979-11-5662-317-5 (set) | 979-11-5662-587-2 (04810)
값은 뒤표지에 있습니다.